Tokimori
&
Yato
「鬼の王に誓え」

Chara

鬼の王に誓え

鬼の王と契れ3

高尾理一

キャラ文庫

この作品はフィクションです。
実在の人物・団体・事件などにはいっさい関係ありません。

目次

口絵・本文イラスト／石田　要

1

「始めてください」

隠塚右恭《おんづかうきょう》の合図で、矢背鴇守《やせときもり》は目を閉じ意識を集中させた。

深呼吸を三回。

呼吸を止めずに、身体《からだ》の力を抜いてリラックスする。桜を散らせる四月の風が強く吹いて、道場の窓をガタガタと震わせているが、気を散らしてはならない。

考えるのは己が使役鬼のことだけだ。

感覚を研ぎ澄ませ、夜刀《やと》と同調したいと強く願う。

同調とは、矢背の鬼使いが体得する術のひとつである。自分の肉体を離れて精神体となった鬼使いが、使役鬼の体内に入りこむことで、使役鬼の感覚を共有したり、命令に従わせたりすることができるのだ。

手順はとてもシンプルで、『ふわっとなったら、カッと行く』。

どの鬼使いにやり方を訊《き》いてみても、この答えしか返ってこないし、鴇守も誰かに訊《たず》ねられたら、同じように答えるだろう。理屈ではないのである。

右恭の合図の前に、夜刀は道場の外に出していた。

鴇守の場合、夜刀の姿が見えないほうが、同調成功の確率が少しだけ高かった。

夜刀がどこにいるのか、今の鴇守にはわからないけれど、鴇守が夜刀に向かって思念を飛ばせば、夜刀はどこにいても鴇守を摑《つか》み取ってくれる。

一分、二分、時間が過ぎてゆく。

焦りは禁物だ。

ひたすらに集中をつづけていると、身体がふわっと浮き上がる感覚が湧《わ》き起こった。

——今だ。夜刀！

夜刀を呼びながら、鴇守はカッと身を乗りだした。

『鴇守』

夜刀の声が頭のなかに響いた。

集中するために閉じていた鴇守の五感が開き、夜刀とつながっていく。夜刀の目に映るものを見、夜刀の耳に届く音を聞く。

文字通り、鴇守と夜刀は一心同体となっている。

『……成功だ。よかった』

鴇守はほっとして呟《つぶや》いた。

同調の修行は基本的に夜刀と二人で行うが、今日は修行の成果を見せる意味で右恭がつき合ってくれている。

当代随一の修復師《しゅうふくし》――矢背の陰陽師《おんみようじ》をこう呼ぶ――であり、鴇守の指導役でもある右恭の前で、失敗を繰り返すようなみっともない真似《まね》はしたくなかったから、本当によかった。

『さすが鴇守、完璧じゃねぇか！　あの眼鏡《めがね》野郎だって、ケチのつけようがないぜ』

夜刀がはしゃいだ声で褒《ほ》めてくれた。

眼鏡野郎とは右恭のことだ。右恭は眼鏡をかけている。当然ながら、親しみを込めた愛称ではなく、過分に敵意が混ざっている。

『成功率五割じゃ、まだまだだよ。百発百中まで高めないと使えない。それに、時間がかかりすぎてる。得手不得手はあっても、同調するまでに一分以上時間をかける鬼使いはいないって右恭さんが言ってた』

夜刀のように手放しでは喜べず、鴇守は反省点を述べた。

『修行を始めて、まだ五ヶ月も経《た》ってない。これだけできりゃ上出来だって』

『……』

一生懸命持ち上げようとしてくれる夜刀に、鴇守はため息で答えた。

夜刀を鬼の王だと崇《あが》める鬼たちと、六道《ろくどう》の辻《つじ》で死闘を繰り広げたのは、今から四ヶ月と少し前のことだった。

六道の辻は鬼が棲《す》む異界だ。鴇守はそこで矢背家秘蔵の刀、千代丸《ちよまる》を振るって戦い、夜刀との初めての同調を成功させ、鬼たちを退治した。

右恭やほかの鬼使い、修復師たちの協力もあり、六道の辻と人間界を隔てる障壁に開いた穴をふさぐという目的を果たすことができたが、そこで痛感したのは、鴇守自身の力不足と不甲斐《ふがい》なさであった。

鴇守はもちろんのこと、夜刀も右恭も鬼たちの攻撃を受けてぼろぼろに傷ついた。

幼少のころから鬼使いの修行をしていたら、もしくは武術のひとつも修めていたら、鴇守も立派な戦力のひとつとなって、夜刀と右恭の怪我《けが》を減らせたかもしれない。

しかし、鴇守は鬼使いとしての才能がないこと、周囲に期待されていないことに甘え、二十一歳の今までなにもしてこなかった。鬼が怖くて鬼から逃げまわり、鬼と戦う事態など想定もしなかった。

矢背一族は平安時代からつづく、鬼使いの家系だ。始祖は陰陽師とその妻となった雌鬼との間に生まれた、矢背秀守《ひでもり》である。

鬼の血が混ざっているがゆえに、不可視の鬼を見、鬼と使役契約を結べる特殊な力を有していたため、鬼使いと異名を取った。

秀守の血を継いだ偉大なる鬼使いの先祖たちは、自らの危険を顧みず、鬼を使役してこの国を陰から支えてきた。

鴇守はその誇り高い血族に生まれ、経済的な恩恵を受けていながら、課せられた最低限の仕事をこなすことだけで満足し、鬼使いである自分と向き合ってこなかった。

甘ったれにもほどがあると、今なら思う。長年に亘《わた》って人間との婚姻を繰り返したために鬼の血が薄れ、鬼使いの出生率は年々下がり、現役の鬼使いたちも年老いてゆく。

そんななか、鴇守は十年ぶりに生まれた、最年少の鬼使いだというのに。

無為に過ごしてきた時間は惜しいけれど、後悔しても時間は戻らないから、少しでも早く成長できるように、ひたすらに切磋琢磨《せっさたくま》しなければならない。

これからは修行に心血を注ぐと、右恭に宣言した。

矢背の鬼使いとして、生きていく。逃げないで、自分の道を歩く。

愛する鬼、自分の半身でもある夜刀と一緒に。

鴇守はそう決めたのだ。

修行に励んで鬼使いの技術を習得し、矢背一族が関わっている仕事を学び覚え、人間を害する鬼たちを退治する。

右恭も鴇守に協力してくれると言った。

やる気はあってももともと才能がないので、使役鬼との同調は完璧にはほど遠く、一族が抱える仕事は膨大なうえに複雑で、おそらく右恭が教えこもうと予定していた分量の一割も身についていないだろう。

自分が情けなくなるが、それでも鴇守は現状について、いまだかつてないほど充実した日々だと感じている。

こうなりたいと願う自分を目指し、努力する。やるべきことが山積みで、時間はいくらあっても足りない。

『……こんなんじゃ駄目だ。もっともっと頑張らないと！』

『頑張るのはいいけど、あんまり飛ばしたら熱出して寝こむぞ。ほどほどにな』

拳《こぶし》を突き上げるイメージで気を吐いた鴇守に、夜刀は母親のごとき心配をしてみせた。

それはそれで、鴇守を気遣ってくれているのだが、微妙にやる気が削《そ》がれてしまう。せっかく同調して一心同体になっているのだから、勢いを合わせて、お前ならできるぜ、とかなんとか力強く応じてほしかった。

『ほどほどにしてたら、いつまで経っても上達しないだろ。それに、最近すごく調子がいいんだ。寝不足かなって思っても、あんまり眠くないし。身体が軽くて、疲労が蓄積しないっていうか、一日働いて動きまわっても疲れた感じがしない。前はちょっと根を詰めただけで熱を出したりしてたのに』

『気力が充実すると、身体も強くなるんだろ。よかったな』

『夜刀もそう思う？　やっぱり、やる気って大事なんだなぁ。……やる気があっても、才能がないってのが痛いところなんだけど』

そうボヤいたとき、右恭の声が聞こえた。

——戻ってください、鴇守さん。

道場の外に出ている夜刀の耳に直接届いたのではなく、右恭の隣に立っている鴇守の肉体が聞き取ったものだ。意識が肉体を離れても、肉体が感じ取ったものは意識と直結し、感知できるようだった。

ふわっとなってカッとなった瞬間、全霊をもって夜刀に向かって飛びこんでいく鴇守には、肉体に意識を残している、という感覚はあまりないのだが、夜刀と同調している間でも、鴇守の身体は動くし、右恭と会話することもできる。

それは確かに、鴇守の意志であり、そんなときはまるで、自分が二人いるような不思議な感覚に陥った。

修行によって、同調における最終段階まで到達すれば、もっといろんなことができるようになるはずだ。そう信じたい。

『戻るよ。右恭さんが呼んでる』

夜刀に一声かけて、鴇守は同調を解いた。

肉体と意識には引力が働いているのか、戻りたいと願えば、同調は一瞬で切れる。

「……戻りました」

ゆっくりと瞬《まばた》きをしてから、鴇守は右恭を見上げて言った。右恭は百七十センチの鴇守より、十五センチほど背が高い。

空気の流れを感じた瞬間、鴇守の隣には夜刀が立っていた。

夜刀は遁甲《とんこう》によって瞬間移動ができるので、歩いたり、ドアを開けて入ってきたりする必要がない。

右恭は左手の中指で、眼鏡をくいっと押し上げた。

「同調するまでが長くて、うっかり立ったまま寝そうになりましたよ。せめてあと二分、所要時間を減らしてください」

そう言われるだろうと予想したとおりの指摘である。これで失敗していたら、つららのごとく冷たく鋭い言葉が飛んできたに違いない。

鴇守は神妙に頷《うなず》いた。

「はい。わかってはいるんですが、なかなか縮まらなくて」

「永遠に眠らせてやろうか、眼鏡野郎。鴇守は頑張ってる。めちゃくちゃ頑張ってる。そりゃもう頑張ってる。たかが二、三分のことでがたがた抜かすな、しみったれた野郎だぜ」

腕組みをして偉そうに踏ん反り返っている夜刀が、右恭に文句をつけた。

右恭は夜刀に一瞥《いちべつ》もくれず、完全に無視し、鴇守のみに話しかけた。

「明日は勉強会の予定でしたが、急遽《きゅうきょ》、鬼退治の仕事が入りました。私も同行します。時間は後ほど連絡します」

鴇守は車の運転免許を取得していないので、鬼退治などの仕事で出かけるときは、鴇守のエージェントである矢背勝元《かつもと》に車を出してもらう。

った。

右恭が同行するということは、現場まで右恭の車で一緒に連れていってくれるという意味だった。

「わかりました。よろしくお願いします」

「眼鏡野郎と一緒だと？　気が乗らねぇな。鬼退治なんざ、俺と鴇守だけで充分なのに、なんでのこのこついてくるんだか」

「夜刀。……どんな鬼なんですか」

夜刀の腕を軽く叩《たた》いてたしなめてから、鴇守は右恭に訊ねた。

「報告によると、なかなかに素早い鬼らしく、潜伏場所やはっきりした姿形は確認できなかったそうです。犠牲者の数は摑めているだけで六人。もっと多いかもしれません」

「そんなに……」

鴇守は表情を曇らせた。

鬼の好物は人間の血肉だ。食らえば、力が増すという。人間が動物の肉を食べるのと同じで、善悪や是非を論ずるべきところではない。

普通の人間の目には鬼の姿は見えないから、鬼に襲われた人たちはおそらく、自分になにが起こっているのか理解できないまま、なすすべもなく命を奪われたであろう。

彼らが味わった恐怖や苦痛を思うと、痛ましさで胸が苦しくなる。鬼という異形の前に、人間はあまりに無力である。

「知恵がまわるようなので、おそらく五本指の鬼でしょう。可能であれば、対話を試み、犠牲者数を正確に把握したいですね」

「俺の鴇守に、クソ鬼どもとおしゃべりしろってか！　冗談じゃ……」

「やります！」

夜刀に最後まで言わせず、鴇守は前のめりに拳を握って力強く言った。

鬼使いにとって、鬼との対話は難しいことではない。ただ、知恵のまわる鬼は保身や虚栄心のために嘘《うそ》をつくので、返答の真偽を見極める必要がある。

しかし、鴇守の場合はべつだ。鴇守には鬼たちを魅了する先祖返りの力があり、鬼たちは我先にと鴇守に群がってきて、どうにかして気に入られようと努力する。鴇守が真実を欲しがれば、真実を話す。

五本指の鬼は三本指の鬼に比べると高位で、数も少ない。容姿は人間に近く、三本指の鬼にはない知恵と慈悲を持っているとされる。

慈悲があっても人間を食べるのは、鬼の本能だった。

何人もの人間を襲って食べている鬼と会話をすること、犠牲者を特定するため、人数やその特徴などを訊きだすのは気持ちのいい仕事ではないが、亡くなった人の無念を晴らすためにもやらねばならない。

真っ直ぐに見上げた鴇守の視線の先で、ふと右恭の目元が緩んだ。

「期待していますよ。あなたもずいぶん、鬼の扱い方が上達してきましたからね」

「……はい」

嬉《うれ》しさを堪《こら》えようとして堪えきれず、鴇守の頬《ほお》はみるみる上気した。

右恭は滅多に褒めてくれない男だから、ときどきこんなふうに期待を寄せられると嬉しくなるし、よりいっそう頑張ろうという気持ちになる。

失敗したらどうしよう、とか、自分にできるだろうか、という不安はあるけれど、鴇守には夜刀がついている。夜刀がいれば、鴇守も強くなれるのだ。

鬼使いと使役鬼は二人でひとつ。鬼使いは自分の使役鬼が可愛《かわい》くてたまらないし、使役鬼は主《あるじ》である鬼使いが大好きだ。

子どものころから兄弟のようにして育ってきた夜刀を、今では恋人として愛しているし、家族として信頼している。

鴇守はにやつく口元を手で隠しつつ、隣の夜刀を見上げた。

二メートル近い長身の大鬼は、相変わらず腕組みをしたまま、おもしろくなさそうな顔で右恭を睨《にら》んでいたが、鴇守の視線に気づくと、鴇守を見てニッと笑った。両端が上がった唇から、鋭く尖《とが》った白い牙《きば》がにゅっと出るのはご愛嬌《あいきょう》だ。

五本指の鬼である夜刀の頭には、長い二本の角が生え、手足の爪《つめ》も獣のように尖っている。浅黒い肌は滑らかで、筋肉に覆われた肉体は逞《たくま》しく、美しい。

金色の瞳は猫と同じ、瞳孔《どうこう》が縦に裂けている。爛々《らんらん》と輝くさまは太陽のようでもあり、満月のようでもある。

右恭の軽い咳払《せきばら》いが聞こえ、鴇守は慌てて夜刀から視線を逸《そ》らして俯《うつむ》いた。

夜刀の容姿はとても端整で観察し甲斐があるが、今しなくてもいいことだった。夜刀とはほぼ二十四時間一緒にいるのだから。

「チッ」

小さく舌打ちしたのは、夜刀である。

夜刀は右恭が嫌いだ。右恭が鴇守を貶《けな》せば怒り、褒めれば怒り、励ましても怒る。

右恭が現れるまでは、鴇守と夜刀は二人きりだった。鴇守の周りには家族や勝元もいたけれど、精神的な面で二人の世界は閉じていて、お互いだけを見て幸せに暮らしていた。

そこに割りこんできたのが右恭で、右恭が善人だろうが悪人だろうか、鴇守にとって必要な男であろうがそうでなかろうが、そんなことはどうでもよくて、右恭の存在自体が夜刀には邪魔でたまらないのだ。

鬼とは独占欲が強く、好悪《こうお》の感情も激しいものだから、夜刀の心が狭いとは言えない。

対する右恭は、夜刀に睨まれたところで相手にしないどころか、反応さえしない。

夜刀の存在を無視しながら、言外に、かかってくるなら来い、いつでも叩きのめしてやる、という強固な意志が滲《にじ》みでている。

二人の関係は最初から険悪だったが、鴇守と右恭の距離が近づくごとに、夜刀と右恭の距離は遠ざかり、以前は会話が成立していたこともあったのに、近ごろでは鴇守を真ん中に挟んで、別の空間に存在しているのではないかと疑うほどに嚙《か》み合わない。

夜刀と右恭の間に漂う、真冬の朝のごとく張りつめた冷たい空気はどちらか一方からではなく、双方から出され形成されたもので、鴇守が夜刀だけをなだめすかし、右恭と当たり障りなくつき合うように言い聞かせても解決しない問題だった。

鴇守としてはお互いにもう少し歩み寄ってほしいのだが、二人の態度を見るに、一生無理そうな予感がしている。

「今回の事件の詳細については、メールを送っておきます。なにか質問があれば、メールか電話を寄越《よこ》してください。では、今日はこれで」

鴇守が仲の悪い二人について思いを馳《は》せている間に、右恭はさっさと踵《きびす》を返して道場を出ていこうとしていた。

「あ、ありがとうございました！」

そのぴんと伸ばされた背中に、鴇守は慌てて礼を言った。

矢背家当主の正規《まさのり》から鴇守の指導を命じられているとはいえ、右恭はたくさんの仕事を抱えている。はっきりと訊いたことはないし、教えてもくれないだろうが、自分の仕事をほかの修復師にまわしてまで、鴇守に時間を割いてくれているようだ。

スパルタ教育で厳しいことを言われ、九割方叱《しか》られているけれど、右恭には心から感謝している。

たとえ右恭の最終目標が、鴇守を矢背家の次期当主に就任させることだとしても。

ドアの取っ手に手をかけた右恭がふと立ち止まり、鴇守を振り返った。

「言い忘れていました。次の夏至会《げしかい》で、正規さまは鴇守さんと鴇守さんの使役鬼の本来の姿を、鬼使いたちに公表なさるおつもりです」

「……！」

鴇守は目を見開き、息を止めた。

頭を殴られたような、というより、頭を吹き飛ばされたような衝撃だった。

夏至会とは、全国に散らばっている六十五名の鬼使いたちが東京《とうきょう》の本家に集結し、それぞれの活動報告をする会合のことだ。年に一回、決まって夏至に開かれるので、夏至会と呼ばれている。

鬼使いの仕事を始めた十五歳のときから五回、鴇守は毎年参加していた。

去年まで、夜刀は全長四十センチの、現役使役鬼のなかで最弱の小鬼に擬態していた。鴇守が生まれ持った、すべての鬼を惹《ひ》きつける先祖返りの力も、発覚していなかった。

みそっかすの鴇守は、年配の鬼使いたちに馬鹿にされていて、鴇守の次に若い矢背高景《たかかげ》だけが友好的に話しかけてくれた。

現在、鴇守の異能と夜刀の本当の姿を知っているのは、正規と正規が出席する会議に参加できる側近の鬼使いたち、右恭くらいのものである。

矢背家では一番強い鬼を使役する鬼使いが当主になるというしきたりがあり、それに則《のっと》れば、鴇守が次期当主にさせられてしまう。

しかし、鴇守にその覚悟はまだなかった。当主になるだけの力量がないことは、鴇守が一番よくわかっている。

今の鴇守には、自分にできることとできないことの区別すらついていない。同調という、鬼使いの初歩的な技を体得するのにさえ、四苦八苦しているありさまだ。

「こ、公表するだけ……ですよね？」

鴇守はなんとかそう言った。喉《のど》に詰まった塊を無理やり飲みこんだみたいな、苦しげな声になってしまった。

「次期当主候補だとはっきり言うか言わないか、ということなら、言わないでしょう。あなたの覚悟が決まっていないことを、正規さまはご存じです。ですが、矢背のしきたりは全員が知っている。正規さまが明言せず、たとえ否定したとしても、そう認識されるでしょうね。あなたの使役鬼を見れば一目瞭然ですから」

鴇守が次期当主であると。

「……っ」

全身が総毛立ち、鴇守の両肩が緊張で強張《こわば》った。

「ずいぶん驚いていますが、あなたもこうなる可能性を、まったく予想しなかったわけではないでしょう」

右恭の言うとおりだ。

本家では月に何度も会議が開かれ、すべてではないけれど、鴇守も右恭とともに顔を出している。次期当主候補でなければ、鬼使いたちの中枢部に立ち入りを許されるはずがない。

鴇守自身は頼りなくても、当主の対《つい》となるべく育った右恭がついているし、使役鬼の夜刀は最強だ。鬼が棲む六道の辻で、鬼たちから鬼の王として祭り上げられるほどに。

当然のことながら、正規の使役鬼、あかつきよりも強い。

「鴇守」

心配した夜刀が、鴇守の肩を抱いてくれた。

それに力を得て、鴇守は言った。

「あの、早すぎるんじゃないでしょうか。夏至会まであと二ヶ月です。修行の成果はまだ出せていないし、自分が成長しているようにも思えません」

「早すぎる、ということは、当主になる決心がつきましたか？」

「え？　い、いえっ！　そういうわけではなく……っ」

右恭は顔を逸らし、眼鏡を指で押し上げてから、もう一度鴇守を見た。

「あなたの成長の速度に合わせることができればいいと私も思いますが、矢背一族にはあまり時間がありません。鬼使いの出生率は年々下がり、ついにはこの二十年間でゼロを記録し、最年少の鬼使いが鴇守さん、あなたです。仕事の依頼に対して人員が足りない事態がもう何年もつづいているのに、鬼使いの数は減る一方だ。血が薄まっているのだから、当然と言えば当然の結果です。鬼使いがいなくなった後々の世界のことを、あなたを含めて考える時期に来ているのですよ」

「……！」

鴇守は思わず言葉を失った。

鬼使いがいなくなったら、矢背一族はどうなるのか。

鬼使いの存在と働きによって、恩恵を受けている一族すべてのものが漠然と不安に感じていることだと思うが、誰かが声を大にして懸念しているのを聞いたことはない。

なんとなく、禁句のような気がしていた。矢背家から鬼使いが消えてしまう未来の話など、不吉すぎて、人前で口にはできない。

千年以上の歴史を持ち、この国を裏側から支えてきた矢背一族は、鬼使いではない普通の人間を大勢抱え、巨大になりすぎていた。鴇守は一族の全貌《ぜんぼう》を、把握しきれていない。

沈みかけた船をなんとか修理し、全員を乗せたまま海に浮かびつづける方法など、どんなに考えても鴇守にはわからなかった。

考えて指針を掲げるのは、当主とその側近たちの仕事だ。当主の一声で、どんなに理不尽に思えることでもまかりとおる。

矢背はそういう一族だった。

「鬼使いがいなくなる……。ご当主さまはどうなさるおつもりなんでしょうか」

呟きにも似た鴇守の問いに、右恭は素っ気なく首を振った。

「私にはわかりません。私は正規さまの修復師ではありませんから」

「そう、ですか……」

正規の修復師を務める右恭の父、隠塚三春《みはる》ならば、正規から相談を受けて、その胸の裡《うち》も熟知しているのだろう。

「それともうひとつ、鴇守さんのことと合わせて、我々修復師の存在も公表する心づもりでいらっしゃるそうです」

「修復師の存在を？」

鴇守はまたもや驚いた。

鬼使いしか生まれないはずの矢背家に生まれてしまった陰陽師は、矢背姓を名乗らず、自らを修復師と呼び、鬼使いを補佐する役割を担う。その効果は絶大だ。

だが、鬼使いに比べて圧倒的に人数が少なく、過去には修復師を奪い合い、鬼使い同士が殺し合ったこともある。

それゆえ、隠塚、隠谷《おんだに》、隠崎《おんざき》、この三家に所属する修復師たちは、代々当主が保護し、現在までその存在を秘匿《ひとく》されてきた。

鬼使いの鴇守でさえ、右恭を紹介されるまで、まったく知らなかった。

「鴇守さんの隣にはつねに私がいます。私なしでまわせる仕事のほうが少ない。そうなると、あれは誰だと誰もが疑問に思うでしょうからね。かといって、いちいち姿を隠すのも面倒ですし、そんなことをしていたら仕事の効率も落ちます」

「……すみません」

己の未熟が、長年に亘って隠されてきた情報を公表する原因になったのだとわかって、鴇守は小さくなった。

右恭はそれがあたかも予定調和であるかのように、なんでもない口調でつけ足した。

「鴇守さんのせいではありませんよ。修復師を味方につけて権力争いをしていた時代とは違います。鬼使いの数は減り、老齢化が進んでいる。正規さまの意向に逆らう気骨と野心のある鬼使いはいません。名と姿を明かして表に出るのは私だけです。全員の存在を明らかにするメリットはありませんからね。私なら、万が一不埒《ふらち》な考えを抱く鬼使いと使役鬼に襲撃されても戦えるし、返り討ちにしてやれます」

「そのときは俺も戦います」

「あなたより私のほうが強い。ですが、そのお気持ちはいただいておきます」

そう言って、右恭は出ていった。

右恭の姿が見えなくなると、鴇守は脱力して夜刀にもたれかかった。

「大丈夫か？」

夜刀はさっと腕をまわし、鴇守を抱き締めてくれた。

右恭の顔を見るたび、右恭が口を開くたびに突っかかっていく夜刀だが、さっきのような話をしているときは、不思議なことに口を挟まずに待っている。

「……うん。いや、大丈夫じゃないかも」

「俺が小鬼に化けて、誤魔化《ごまか》してみるか？　四十センチはちょっと無理だが、七十センチに縮むのは慣れてきたからよ」

大鬼に戻って以来、小鬼の殻を被《かぶ》るのは疲れるし大変だからいやだと拒否していた夜刀も、大きくて格好よくて素敵なお前をほかの鬼使いに見せたくない、と鴇守が嫉妬《しっと》してみせたら、七十センチの微妙なサイズに縮小してくれるようになった。

「無理だよ。ご当主さまがあかつきを呼びだして、俺を襲わせたら、お前は大鬼になって俺を守らざるをえないから」

小手先の誤魔化しは通用しない。

「じゃあ、俺から当主に言ってやろうか。鴇守は次期当主になんかならねぇって。ならねぇんだよな？」

「……」

返事に困り、鴇守はため息をついた。

当主になりたくはないけれど、正規や右恭たちが鴇守を次期当主として扱いたがる気持ちは、わからないでもなかった。

後継者問題における矢背のしきたりを満たす要素を鴇守は明確に持っており、たとえ鴇守自身が、自分に当主は務まりませんと主張したところで、正規たちが寄ってたかって当主が務まる人材へ鴇守を成長させようとするだろう。

鬼使いでいるかぎり、そのレールから逃れられない。

鬼使いとしてやっていくと決めたときに、鴇守も薄々ながらわかっていたと思う。修羅の道を歩もうとしていることを。

ただ、もう少し準備する時間をもらえると思っていた。せめて、一年くらいは。叶《かな》うなら三年は欲しかった。

三年で自分がどこに出しても恥ずかしくない、ひとかどの鬼使いになれるなどとは自惚《うぬぼ》れていないけれど、少なくとも、今よりは多少使えるようになっているだろう。

一方で、矢背家に時間がないのも事実だった。

鬼使いの人数が減っているのはここ数十年、誰の目にも明らかで、正規は当主になった二十五年前から、矢背一族の行く末を案じ、解決策を模索しつづけてきたに違いない。

偉大なる当主、正規の跡を継ぐなんて、いくら右恭が補佐してくれても怖かった。

正規や右恭も、鴇守に継がせるのは不安でたまらないだろう。だが、鴇守しかいないのだから、仕方がない。

正規にしても、苦渋の決断であろうと察せられた。

鴇守の弱点や欠点に目を瞑《つむ》り、足りないところは右恭に補わせて、どうにかこうにか格好をつけさせねばならないのだ。

「覚悟を決めるべきときなのかもしれない」

「えっ？　当主になるのか？」

夜刀はびっくりしたみたいに言った。

「俺の気持ちがどうあれ、そういう方向へ進むのを、俺は止められない。いやなら、すべてを捨てて逃げるしかないんだ」

「よし。なら逃げるか！　俺は今すぐにでも、お前を連れて逃げられるぜ」

鴇守と二人きりでいたい夜刀のオススメは、逃避行だ。鴇守が挫《くじ》けそうになるたび、逃げようと誘ってくれる。

「逃げないよ。逃げたいけど、逃げられない」

鴇守は言葉を切り、夜刀を見上げた。夜刀と一緒に逃避行することを心のよすがにしていた時期もあったが、今は違う。

「俺さ、夜刀。一人前の鬼使いになろうと頑張ってきて、まだ四ヶ月だけど、ちょっとずつ気持ちが変わってきたんだ」

「どう変わったんだ?」

「俺は未熟で、できることのほうが少ない。要人暗殺っていう、矢背が請け負ってきた重要な仕事のことも、いまだに割りきれてない。お前に人殺しをしてこいとは命じたくない。ご当主さまや右恭さん、ほかのみんなも、俺に期待はしてないんだ。それでも、俺を次期当主に立てなければならない事態になってる。俺なんかに白羽の矢を立てるなんて、世も末だ。だからこそ、俺は逃げてはいけないと思う。向き合わなきゃいけないんだ」

組織のなかで生きるものには、組織のルールに従い、果たすべき義務と責任がある。それがどんなに大きくて重いものでも、背負いきれないとわかっているものでも、精一杯足《あ》掻《が》いてどうにかしなければならない。

「お前がそう言うなら、それでいいけどよ」

「俺が進もうとしてる道は地獄よりつらいかもしれないけど、お前がいてくれたら頑張れると思うんだ」

絶対の信頼を寄せている夜刀に、鴇守は微笑《ほほえ》んだ。

「おう! 俺と鴇守は一心同体だからな」

夜刀も白い牙を見せて笑った。

おおらかで、鴇守のすべてを包みこんでくれる温かい笑顔だ。夜刀さえいれば、どんな困難も乗り越えていける。

鴇守はその思いを新たにし、夜刀にぎゅっとしがみついた。

2

翌日の夜半、鴇守《ときもり》と夜刀《やと》は右恭《うきょう》の車に同乗し、鬼退治に向かった。鬼たちは大抵、人があまり登らない山をねぐらにして潜んでいる。

動きやすいジーンズに登山用の靴を履いた鴇守は、懐中電灯の明かりを頼りに、麓《ふもと》のあたりを一人で歩きまわった。

大きな足音を立てるとか大声を出すとか、注意を引くための特別なことはしなくても、能力の高い鬼なら鴇守の匂《にお》いや気配を敏感に察知するはずだった。

鬼を滅する力を持つ修復師の右恭と、『鴇守に近づく鬼はことごとく俺がぶちのめすぜ』オーラを発している夜刀は、鬼が怖がって逃げてしまう可能性が高いので、気配を消して少し離れたところに待機している。

夜の山中は鬼が潜《ひそ》んでいなくても不気味だ。緊張と恐怖を抑え、早く出てこいと念じる。

果たして、鬼はのこのこ姿を現し、一目で鴇守に落ちた。

「お、おお……！　鬼使いだ。綺麗《きれい》な鬼使い、いい匂いがする。おれを使役してくれ。おれは強くて役に立つ」

腰巻一丁の大柄な鬼は、鬼使いの存在を知っていたらしい。

照れくさそうに頬を染めながらそんなことを言い、ボディビルダーがするようなポーズをつけて筋肉を見せつけてきた。己が自慢に思う部分をアピールして、鴇守に気に入ってもらおうとしているのである。

五本指だけあって、頭からにょきっと生えている角と、口から覗《のぞ》く上下四本の牙、鉄も引き裂けそうな手足の爪を除けば、容姿はほぼ人間と変わらない。

懐中電灯の光がまるでスポットライトのようになっていて、鬼のポージングに熱が入る。腹立たしく気持ち悪いので、見たくもないが、明かりを消すわけにはいかない。

「お前に訊きたいことがある。俺の質問に答えろ」

鴇守はすべてを無視して言った。

鬼の事情を考慮したり、下手《したて》に出たりはしない。命じて、従わせるだけの気迫を持って挑み、絶対に隙《すき》を見せてはならない。

鬼は人間を食べるもの。力を欲して食い、愛して食い、憎んで食う。先祖から鬼の血を受け継ぎ、鬼に好かれる鬼使いも、例外ではないのだ。

鴇守に嫌われたくない鬼は、問われるままぺらぺらと犯行を自白した。

そもそも、自分の行いが悪だと思っていない。夕飯のメニューを語るがごとくの気軽さで、事情聴取は滞りなく進んだ。

「お前が殺したのは全部で八人だな？」

「そうだ。おれが覚えているかぎりは。山を下りて、攫《さら》ってきて、ここでゆっくり味わって食う。攫ったときに一口齧《かじ》って味見したやつもいる。美味《うま》かった」

八人も食った鬼は、忌々《いまいま》しいほど力を漲《みなぎ》らせている。

生理的な嫌悪感で顔を歪《ゆが》ませつつ、鴇守はさらに問うた。目を合わせると、鬼はいっそう鴇守の虜《とりこ》になってしまうので、微妙に視線は外している。

「攫ってきた人たちの服や所持品はどうした」

「そんなものは食べない」

「どこに捨てた」

「捨ててはいない」

「お前のねぐらに残っているということか」

「残っているものもある」

ここまで聞きだせれば、充分だ。遺留品の捜索は別動隊の役割である。

あとは、夜刀にこの鬼を退治させれば、鴇守の仕事は完了する。さりげなく右手を上げて、夜刀に合図をしようとしたとき、鬼が言った。

「おれのねぐらに、案内する。三人目の女が綺麗な鏡、持ってた。お前にやる。その女とはいろいろ話した。お前とも話したい」

「……」

鴇守は迷った。

食い殺した人間たちの名前など、鬼は知らない。まずは鴇守が、攫った場所や状況、人物の特徴などを聞きだし、その後、回収された遺留品などと照らし合わせて、犠牲者を特定するのである。

身元を示すものが残っていないと捜査は難航し、最終的に未解明のまま、捜査を打ちきることもあった。

だが、この鬼と一緒にねぐらへ行けば、鴇守自身の目で遺留品を確かめ、彼女が亡くなったときのより詳しい事情を、鬼から引きだすことができるかもしれない。

目を逸らしたまま、どうするべきか考えていた鴇守は、ぽた、となにかの滴が地面に落ちる音で我に返った。

咄嗟《とっさ》に懐中電灯で地面を照らしたが、なにが落ちたのかはわからない。いつの間にやら、最初に距離を取ったときより、鬼が近づいてきていた。

鬼は足音を立てない。裸に近いその身体に明かりを向け、足元から照らしていく。

鬼の顎《あご》が光っている。

ぽた、と落ちたのは鬼の涎《よだれ》だった。ご馳走《ちそう》を前にした犬のように、鴇守を見つめて涎を垂らしている。

「……！」

身の危険を感じた鴇守が、慌てて逃げようとした瞬間、風が舞った。

「きったねぇ涎垂らしてんじゃねぇぞ、クソ鬼が！　鴇守に近づきすぎだ！」

すっ飛んできた夜刀が、鬼目がけて愛用の大刀《だいとう》を振り払った。

普通の鬼なら、真っ二つに斬《き》り裂かれているところだが、さすがは五本指というべきか、八人も食った効果なのか、夜刀の一撃を鬼は間一髪でかわした。

しかし、完全にはかわしきれず、左腕がつけ根から吹っ飛んでいる。肉の切れる不気味な音とともに、盛大な血しぶきが上がった。

鬼は地を蹴《け》って鴇守に向かって跳びながら、必死で右手を伸ばしている。

鴇守が欲しいのだ。夜刀との力の差は圧倒的で、逃げなければ殺されるとわかっていてなお、鴇守を諦《あきら》められない。

ほんの数分前には、自ら使役鬼に志願しておきながら、食欲に打ち勝つことができない。

好ましいと思ったときも、怒りを感じたときも、憎しみを覚えたときも、人間に対して生じた鬼の欲望は、最終的に食欲に帰結する。

鴇守は瞬きもせずに、至近距離に迫った鬼を見ていた。

逃げなかったのは動けないからではなく、鬼の爪が鴇守に届く前に、夜刀の二撃目がとどめを刺すと信じているからだ。

「避《よ》けんな、クソ鬼！　鴇守に触ったらぶち殺すぞ！」

夜刀が鬼を背中から袈裟《けさ》斬《ぎ》りにするのと、鴇守の頬にチリッと焼けるような痛みが走ったのは同時だった。

鬼の身体は地面に落ち、やがて塵《ちり》になって消えていった。鬼は斬られると血を流すくせに、死ぬと死体を残さない。それでいて、周囲に巻き散らかされた血痕《けっこん》は消えないのだから、勝手なものである。

一瞬で鴇守に駆け寄った夜刀が、頬の傷を見つけて叫んだ。

「ああっ、こんなとこに引っ掻き傷が！　あの鬼か！　あの鬼のせいか！　くそっ、許さねぇ！　俺の鴇守に傷なんかつけやがって、絶対殺す、ぶち殺す！」

「もう死んでるよ。お前が退治したんだから。それにこんなの、たいしたことない。痛くないし、お前が舐《な》めてくれたら治る」

鴇守は苦笑しつつ、怒れる夜刀をなだめた。

犬のように舌を出した夜刀が、頬をぺろりと舐めた。鏡で見て確認しなくても、傷が治ったのがわかった。

どういう仕組みかわからないが、夜刀に舐められると怪我が治る、ということを、鴇守は最近知った。

夜刀の血を飲むと、鴇守の身体は熱くなり、激痛にのた打ちまわっていても、即座に苦痛が取り払われ、元気になる効能があるのは知っていた。

唾液も血と同じようなものなのかもしれない。

夜刀自身も治癒《ちゆ》力が高く、腕を斬り落とされても切断面をくっつけるだけで元通りになってしまう。

どうしてそんなことが可能なのか、鬼の持つ超常的な力について解明するのは難しい。

理解不能でもそういうものなのだと納得し、受けられる恩恵はありがたく受け取っておくことにしている。

右恭が歩み寄ってくる足音が聞こえた。

傷はもうないのにしつこく頰を舐め、あわよくば唇まで舐めようとする夜刀を、鴇守はぐいっと押し退《の》けた。

「あなたの指令が下る前に、そこのバカ鬼が飛びだしていって退治していましたが、情報は得られたのですか？　ずいぶんと長く話していましたね」

「はい。人数が多いので、長くなってしまって。八人分の情報を充分に聞きだせたので、夜刀を呼ぼうとしたとき、あの鬼が被害者が所持していた鏡を俺にくれると言いだしたんです。ねぐらには遺留品があるようで、それを確認しながら質問をすれば、もっと詳細な情報が得られるかもしれない。そんなことを考えていたら、鬼が食欲に負けてしまって、あとはご覧のとおりです」

鴇守の説明を聞いて、右恭はため息をついた。

「犠牲者を悼《いた》むあなたの優しい心根は立派です。亡くなった人たちも浮かばれるでしょう。ですが、今回の場合、あなたがそこまでする必要はありません。いくら私たちが控えているといっても、鬼のねぐらに一人で入ろうとするなど、危険すぎる」

「……ですよね。すみませんでした」

鴇守は反省して頭を下げた。

自分一人で鬼退治ができるならともかく、夜刀と右恭がいなければ、満足に身を守れない鴇守がやっていいことではない。己の力を過信したことはないけれど、鬼相手の現場では一瞬の油断が命取りになり、鴇守の選択の甘さが夜刀と右恭にも迷惑をかける。

仕事を熱心に丁寧にするのと、情に流されるのは違うのだ。

「理解できているのなら、いいでしょう。次回から気をつけてください。無用な怪我をされたら、困りますからね」

切って捨てるように言いながら、そのじつ、右恭は鴇守の身を案じてくれているのである。

ずっとくっついて教えを乞《こ》い、ともに仕事をするうちに、冷たい態度の裏に潜む優しさに、鴇守も気づけるようになった。

だからこそ、なおのこと、夜刀にも右恭にも心配させることなく、仕事を完遂したいと強く思う。

「もちろんです。得られた情報はデータにまとめて、すぐに送ります」

「そうしてもらえると助かります」

右恭は踵を返して、山を下り始めた。

あとにつづき、足を踏みだした鴇守の左手に、夜刀がそっと右手を滑りこませてくる。

「足元、気をつけろよ」

「うん。ありがとう」

夜刀を見上げて微笑むと、夜刀も白い牙を出して笑い返したのがわかった。

懐中電灯で照らしているものの、道らしい道のない暗い山中は歩きにくい。何度か躓《つまず》き、転びそうになったのを、夜刀が支えて助けてくれた。

つないだ手は温かく、鴇守の心をもほっこりと温めてくれる。夜刀も鬼だけれど、さっきの鬼とはまったく違う。

鴇守を愛し、鴇守を守り、鴇守を困らせることはあっても、嫌がることはしない。人間を食べたりしないと、指きりげんまんをして約束してくれた。

仕事をした使役鬼には報酬を渡すのが、鬼使いと使役鬼の契約だ。夜刀への報酬は、鴇守自身である。

マンションに帰ったら、早速要求されるだろう。

鴇守は裸に剝《む》かれ、隅々まで見られ、舐められて蕩《とろ》けさせられる。そうして、最後は夜刀の性器に貫かれ、一体になって絶頂を極めるのだ。

報酬という名目がなくても、二人は毎夜のごとく求め合っている。快楽は尽きることも飽きることもなかった。

ベッドのなかでの卑猥《ひわい》な行為を想像すると、身体が熱くなる。

その前に、鬼から得た情報をまとめなければならない。持参した仕事用のタブレットは、右恭の車に置いてある。帰りの道中にも打ちこむことはできるだろう。

鴇守が早くデータをまとめれば、次の身元を捜索するチームの動きも早くなる。夜刀と二人で失《う》せもの捜しなど小さな仕事をしていたときとは、感じる責任の重さが違う。

重いだけにやりがいがあって、首尾よく運んで貢献できれば誇らしくなる。

この充実感は、夜刀と右恭の支えがあって初めて味わえるものだ。

感謝、愛情、友情、信頼など、あらゆる意味を込めて、鴇守は夜刀の手をぎゅっと握った。

この先、なにがあっても、絶対にこの手は放さない。

山中での鬼退治から四日後、鴇守は右恭がビルの一室にかまえている事務所に、夜刀とともに赴いた。

鬼避けの新しい護符を作ったので、その効力を確かめたいと言われたのだ。

検証実験に使われる鬼はもちろん、夜刀である。

「また作ったのかよ。弱い札なら、丸めて食うぞ」

ぶつくさ文句を言う夜刀だが、実験させられることをいやがってはいない。

右恭が作る護符は鬼の力を弱めたり、人間を鬼から守るものだったり、つまり、鴇守を守るためにも使われる。

どれほどの効果があるのか、自分の身で確かめたほうが安心できるらしい。

「どんな護符なんですか？」

用意をしている右恭に、鴇守が訊いた。

「護身のための、強めの護符です。並程度の三本指の鬼なら昏倒《こんとう》、弱い鬼なら消滅するでしょう。五本指クラスの鬼なら、どうなるか……」

右恭はなんの前触れもなく、いきなり夜刀の腕に護符を貼《は》りつけた。

不意打ちを食らった夜刀は、しかし、平然としている。表情も変わらず、ダメージを受けたようには見えない。

「夜刀、どんな感じ？」

「ちょっとピリッときたかな。俺には効かねぇけど、こないだの鬼くらいなら、電気ショックを食らったみたいな感じがするかも。俺にはこれっぽっちも効かねぇけどな！」

夜刀が二度繰り返すので、本当に効いていないのか、効いているけれどやせ我慢をしているのか、鴇守にはわからなくなった。

「かなり効いてる感じがしますね」

右恭は独り言のようにしれっと言い、もう一枚同じ護符を取りだし、夜刀の反対側の腕にまたしてもぺたりと貼りつけた。

「効いてねぇっつってんだろうが。何枚貼ったって、同じだ。護符なんざ、俺には無駄なんだよ。俺は鬼のなかで一番強い。桁外《けたはず》れで、とてつもなく、凄《すさ》まじいほどに。どんな護符を作っても、俺にとっちゃただの紙切れだ」

傲岸《ごうがん》に見下ろす夜刀と、疑い探るような右恭の視線が一瞬絡み合い、火花を散らしたことに、鴇守は気づかなかった。

ただ、夜刀はすごいなと感心していた。

右恭も最強の修復師だ。その右恭が作った護符なのだから、効力が弱いなんてことは、万が一にもないだろう。

やせ我慢をしているにしても、二枚貼られて顔色も変えないとは、さすがである。

「まあ、いいでしょう。さらに強化し、鬼が丸めて食ったら腹のなかで毒を出す効力をつけ加えたものを作って、鴇守さんに渡します。鬼退治のときには、身につけてください。そうすれば、先日のように鬼があなたに襲いかかってきたとき、あなたの愚鈍な鬼が間に合わなくても、護符が発動します」

鴇守の胸に湧き立つものがあった。

右恭が新しい護符を作った理由は、鴇守が怪我をしたからなのだ。

護符は修復師が念を込めて作るので、制作には時間がかかると聞いた。ほかにやるべきことはたくさんあるだろうに、鴇守の身を守ることに気をまわし、時間を割いてくれたのだ。

「……ありがとうございます」

嬉しさと照れくささで頬を紅潮させながら、鴇守は礼を言った。

「鴇守は俺が守る。前みたいなヘマはもう二度としねぇ。鴇守に触ろうとするやつは、護符が発動する前に俺が斬る。もういいだろ」

愚鈍と言われたことには反論せず、夜刀は貼られた二枚の護符を剝《は》がし、テーブルの上にバンと叩きつけた。

鴇守はそれを興味津々《しんしん》に覗きこんだ。字なのか模様なのか、判別できないものが書かれている。色は血を連想させる赤だった。

「持って帰ってもかまいませんよ。護符は何枚か作りますし、それはそれで完成しているものですから」

「え、そうなんですか。じゃあ、いただきます」

伸ばした指先が護符に触れた瞬間、炎が燃え上がった。護符が発火したのだ。

指先に強い痛みが走り、鴇守は悲鳴をあげて蹲《うずくま》った。

「鴇守！　大丈夫か、鴇守！」

夜刀が即座にしゃがみこみ、鴇守の背中を抱いた。

「う、ううっ……」

鴇守は右手首を左手で掴み、胸元に抱えこんで呻《うめ》いた。無数の針で刺されているかのような痛みに襲われていた。

額や首筋に脂汗《あぶらあせ》が滲む。なんとか顔を上げ、テーブルの上を確認すると、燃え尽きてしまったのか、護符は影も形もなくなっていた。

「護符が……」

呆然《ぼうぜん》としてしまって、なにが起こったのか、理解が追いつかなかった。護符は鬼に対して効力を発揮するもので、人間が所持しても危険はないはずだった。

「指先が痛むのか？　見せてみろ」

夜刀に促されるまま、強張った右手を差しだしながら、鴇守は右恭を見上げた。

鴇守を見つめる右恭の顔は、蒼褪《あおざ》めていた。眼鏡の奥の瞳は見開かれ、動揺を示すように激しく揺らいでいる。

彼にとっても、予想外の出来事だったということだ。

「火傷《やけど》してるじゃねぇか。俺が舐めて治してやる」

「待て。私の作った護符だ。私が治す」

鴇守の指を口に含もうとしていた夜刀を、右恭が鋭い声で制止した。

右恭は彼の執務机に置いてあったペットボトルの水で、ハンカチを濡《ぬ》らした。

次に、夜刀が摑んでいる鴇守の右手をそっと奪い取り、赤く変色した指先をハンカチで包みこむと、呪を唱え始めた。

「……」

徐々に痛みが治まってきて、鴇守はほっと息を吐《つ》いた。

抑揚のない低い声は、完全に痛みが消え去るまでつづき、時間にするとほんの数分だが、鴇守にはやけに長く感じられた。

右恭の声が止まり、ハンカチが外された。

火傷の跡は綺麗になくなっていた。指を曲げたり伸ばしたりしてみても、支障はない。

「まだ痛みはありますか？」

「いいえ。もうなんともありません。ありがとうございました。さっきのは一体……」

鴇守は途中で言葉を呑《の》みこんだ。

ぞっとするほど冷たい目で、右恭が夜刀を睨みつけていたからだ。彼は常々冷やかな視線しか夜刀に向けたことはないが、こんな目を見たのは初めてだ。

その視線を受け止めている夜刀の表情は、なんとも形容しがたいものだった。隠し事がばれてしまったような気まずさと、人を食ったようなふてぶてしさが混在している。

どうやら、鴇守には意味不明な先ほどの現象について、二人とも心当たりがあるらしい。

「どういうことなんですか。どうして、俺が触れた瞬間に護符が燃え上がったのか、知っているなら、教えてください。夜刀も。わかってるなら説明して」

「俺は知らねぇよ。なにも知らねぇ」

夜刀は明後日《あさって》のほうを見て、シラを切った。

鴇守が睨みつけても、腕を引っ張っても、こちらをちらりとも見ない。夜刀はときどき、こういう頑《かたく》なな態度を取る。

「夜刀、そんなみえみえの嘘をついてないで、正直に言って！　隠そうとするのは、お前が悪さをしてるからか？　俺が怒るから、黙ってるのか？」

「そのとおりです。その問いには私が答えましょう。あなたを鬼に変えようとしているのですよ。あなたの鬼は」

意味がよく理解できず、鴇守はぽかんとして右恭を見た。

――俺を鬼に変えようとしている？　夜刀が？　人間である俺を、鬼に？

しばらく考えてみても、よくわからなかった。突拍子もなさすぎて、右恭にからかわれているのではないかという結論に達した。

鴇守は強張った苦笑いを浮かべた。

「驚きました。右恭さんでも、そんな冗談を言うんですね。夜刀が俺を鬼に変えようとするなんて、信じられません。そんなこと、できるわけないよな？　夜刀？」

「お、おう!」

夜刀は食いつき気味に頷いたが、猫に似た瞳孔を持つ金色の瞳は激しく泳いでいた。

急激に湧いた不安が、鴇守の胸に広がっていく。

右恭は深いため息をついた。

しんと静まった部屋のなかに、それは重々しく落ち、鴇守は息が詰まりそうになって、浅く喘《あえ》いだ。

「残念ながら、冗談ではありません。先ほどの護符は鬼にだけ効力を発揮する呪がかかっています。あなたが人間なら、護符は燃えたりしないし、火傷などするはずがない」

「わ、わずかだけど、俺には鬼の血が混ざっています。それに反応したのでは」

今の鴇守が考えうる一番濃厚な疑念を口にしてみた。

「隠塚《おんづか》を名乗る私も、矢背《やせ》の血族です。鬼使いと修復師、素養は違うが、鬼の血が混ざっているのは同じ。その私が、あなたのために作ったものです。手順に間違いはありません」

右恭の言うとおりだった。今までだって、右恭の作った護符には何度も触れてきたけれど、こんなふうに反応したことは一度もない。

「でも……」

「信じられない、信じたくないという気持ちはわかります。ですが、向き合っていただかないと。あなたが、あなたの鬼に裏切られたという現実に」

平静を装う右恭の声に、激烈な怒りと憎しみが見え隠れしている。今にも攻撃に転じそうなその敵意は、もちろん夜刀に向けられたものだ。

裏切りという言葉を聞いても鴇守にはやはり実感がなくて、いつもの習慣から、右恭の怒りを買っている夜刀を庇《かば》ってあげなくてはと考えていた。

そして、頑なに鴇守と目を合わせてくれず、右恭の言葉に反論しない夜刀の態度に、ガツンと頭を殴られたようなショックを受けた。

「鴇守さん。あなたのなかでどのくらい鬼化が進んでいるのか、私には摑めない。護符に反応したとなると、かなり進行しているとみていいでしょう。これまでに、似たような異変を感じたことはありませんか」

「似たような異変……」

鴇守の脳裏にすぐに浮かんだ出来事があった。

二ヶ月ほど前の、二月三日。節分の日のことだ。

鬼の末裔《まつえい》である矢背一族では、追儺《ついな》の儀式は行わない。鴇守も、鬼打豆と称される炒った大豆を撒《ま》いたことは一度もなかった。

その日の夕方、鴇守は節分であることを意識しないまま、夜刀と一緒に住宅街のなかを歩いていた。

ある家の前で、鬼は外、と元気に叫んだ子どもが、豆を撒いた。

その豆が、偶然通りかかった鴇守の腕に当たった。

いたっ、と鴇守は叫んだ。咄嗟に声が出てしまったほど、まるで石礫《いしつぶて》を力いっぱい投げつけられたみたいな痛みを感じたのだ。

子どもは鴇守の声に驚いて、一目散に家のなかに駆け戻った。

責めるつもりはなかった。実際、子どもは下から上に放り上げる方法で豆を投げており、放物線の頂点を越えて落下する豆が、二の腕にぽんと当たっただけなのだ。

たかが大豆の一粒。しかし、痛みは本物だった。

狐《きつね》につままれた気分で自宅マンションに返り、服を脱いで、豆が当たった部分を見てみると、豆粒大の大きさに内出血していた。

首を傾《かし》げつつその夜は寝て、翌日の朝起きたら、内出血の跡は消えていた。

節分の日に起こった不可思議な出来事を、鴇守は思い出しながら右恭に説明した。

「豆が当たったんじゃなくて、俺が気づかないうちに、どこかにぶつけてたんじゃないかって、夜刀は言いました。そうかもしれないと、俺も思いました。豆が軽く当たっただけで内出血するとは考えられないし」

「なぜ、そのときに私に言わなかったのです」

「わざわざ右恭さんに言うほどのことじゃないと……。内出血の跡も消えてしまって、自分でも夢でも見ているような感じで」

数日は気味が悪かったが、日々の忙しさに紛れて忘れてしまっていた。

「魔よけの豆を食らって痛がるのは鬼だけです。二ヶ月前で、すでにその状態だったとは……。あなたの鬼は、修復師である私の目を欺きつつ、深く静かに計画を進行させていたようですね。あなたを鬼化させるというおぞましい計画を」

「でたらめだ！　俺はそんなことしない」

夜刀が吠《ほ》えた。

「この期に及んで、みっともない言い訳はやめろ。お前の企みを正直に鴇守さんに話すがいい。鴇守さんに許してもらえると思うならば」

「知らねぇよ。適当なこと言ってんじゃねぇ。俺が鴇守を傷つけるわけ、ねぇだろう」

右恭に噛みついている夜刀は、疚《やま》しいことなどなにひとつありません、という態度だが、つき合いの長い鴇守にはわかってしまった。

夜刀の言葉に混じる、嘘の気配を。

それでも、夜刀が自分を鬼に変えようとしているなんて、どうあっても信じられなかった。

夜刀はときどき鴇守を騙《だま》したり、嘘をついたりするが、それはすべて鴇守を愛するがゆえのことだった。

鴇守を鬼化するなんて、鴇守を愛していたら、できるはずはない。鴇守は人間を食う鬼が、大嫌いなのだから。

だが、鬼は外のかけ声とともに投げられた豆で内出血をしたのも、右恭の護符で火傷をしたのも事実だ。

鬼の血が流れ、鬼を見、鬼の棲む六道の辻に自由に行き来し、鬼と使役契約を結べる鬼使いといえど、その身は人間だった。

怪我もするし、病気もするし、寿命も普通の人間と変わらない。

人間の身には、そんなことは起こらないのだ。

鴇守は夜刀を見つめた。

夜刀も鴇守を見つめた。

夜刀の瞳には、鴇守への愛が溢《あふ》れている。鴇守を害するものを許さず、鴇守を守り抜くと決めている目だ。

今、この瞬間こそが夢ではないかと思ったが、沈黙のなか、無為に時間が過ぎるだけで、鴇守の夢は醒《さ》める気配もなかった。

3

鴇守《ときもり》と夜刀《やと》は右恭《うきょう》の事務所を出て、二人で暮らしているワンルームマンションに帰った。

鴇守が帰ります、と言ったとき、右恭は主《あるじ》に無断で鬼化しようとしている鬼と二人きりになるのは危険だから、今後は右恭のもとで寝泊まりすべきだと主張した。

その申し出を、鴇守は断った。

とにかく、夜刀と二人で話がしたかったのだ。

夜刀に恐怖を覚えたりはしなかった。四十センチの小鬼に姿を偽っていた夜刀が、正体を現して二メートル弱の大鬼に転じたときのほうが、よほど恐ろしかった。

どんなに大きくて誰より強くても、夜刀は鴇守を命をかけて守る守護者だという認識に揺らぎは生じていない。

部屋に入るなり、コートも脱がずに鴇守は口を開いた。

「夜刀。本当のことを言って。お前が俺を鬼に変えようとしてるなんて、俺は信じられない。信じたくない。嘘《うそ》だよな？」

「……」

鴇守の強い視線に押し負けたように夜刀は目を逸《そ》らし、顎《あご》のあたりを爪《つめ》で掻《か》いた。

のんびりした仕草に、苛立《いらだ》ちが募る。

「なんだよ、夜刀！　でたらめだとか、知らないとか、右恭さんには反論してたじゃないか。俺にもそう言えよ。右恭さんの勘違いだって、俺にも言ってよ。……俺の身体《からだ》に、なにか変化が起こっているとしても、それはお前が原因じゃない。そうだろう？　そう言ってくれたら、俺はお前を信じる。誰がなにを言っても、お前を信じるから」

自分のなかの疑念を打ち消したくて、夜刀を信じたくて、鴇守はほとんど懇願していた。愛する夜刀に疑念を抱くことに、罪悪感さえ覚えていた。

それほどまでに、鴇守と夜刀は一心同体だった。

ふと、鴇守の心に希望が浮かんだ。夜刀とは何度も同調の修行をしてきた。鴇守の精神が、夜刀のなかに入ったのだ。

同調しているとき、言葉にせず、頭で考えなくても、なんとなく夜刀の気持ちを察することができた。夜刀はいつも鴇守への真っ直ぐな愛情で溢《あふ》れていて、後ろ暗い隠し事をしている気配など微塵《みじん》も感じなかった。

「……そうだよ、夜刀。どう考えても、右恭さんの勘違いだ」

一転して、微笑《ほほえ》みかけた鴇守を見て、夜刀は観念したかのように肩を落とした。

「あー……、それな。なんていうか、その、勘違い、じゃない……かも」

気まずい顔をした夜刀が、言いにくそうに小声で呟《つぶや》いた。

「……！」

口元に笑みを残したまま鴇守は息を呑《の》み、目を見開いた。

勘違いに決まってる、俺が鴇守にそんなことするわけねぇだろ、という答えが返ってくると信じていたから、声が出なかった。

「隠してたのは悪かった。鴇守を俺と同じものにしたかったんだ。人間には寿命がある。身体も弱くて、怪我《けが》をしたり病気になったりして、すぐに死んじまう。俺はお前と一緒にいたいんだ。ずっとずっと一緒に生きたい。そのためには、お前を鬼にするしかない。だろ？」

「……」

同意を求められて、鴇守はただただ信じられない目で夜刀を凝視するしかできなかった。

二人を分かつ死の問題は、鴇守だって何度も考えている。

鬼は不死ではないが、寿命はない。数百年以上、鴇守に出会うまで覚えてもいないほど長い時間を一人で生きてきたと夜刀は言っていた。

鴇守という最愛の伴侶《はんりょ》を失ったとき、彼がどうなってしまうのか、心配だった。鴇守亡きあとの夜刀を想像するのは難しかった。

いつか、鴇守以外に愛する人を見つけるのではないかと考えると嫉妬《しっと》に狂いそうになるし、かといって、鴇守を想いながら独りぼっちで永遠を生きるのは可哀想《かわいそう》だとも思う。

どちらにせよ、先に死んでしまう鴇守には、なにもしてあげられない。

夜刀もまた、鴇守と同じように死の問題を考えていた。

そして、いかにも鬼らしい結論に至ったのだ。

それは、鴇守の人間性やこれまでの歩み、これからの夢や希望、それらすべてを無にするやり方である。夜刀が幸福を得られても、鴇守はそうではない。

鴇守はひとつ息をしてから、言った。

「どうしてなんだ、夜刀。俺は矢背《やせ》家の鬼使いとして生きるつもりだ。次期当主が務まる器じゃないけど、ご当主さまや右恭さんが望む姿があるなら、それに向かって頑張りたい。期待に応えたいし、鬼使いの仕事に対して、誇りと責任感を持ってる。お前もそれを理解してくれたはずだ」

「お前の望みは叶《かな》えてやるよ。やりたいことがあるなら、なんでも協力する。でも、俺も俺の望みを叶えたい」

「お前の望み？」

夜刀は大きく頷《うなず》いた。

「そう。鴇守と二人で永遠に生きるっていうのが、俺の望みだ。お前が鬼になっても、矢背の鬼使いとして働けないわけじゃない。好きなだけ働いて、俺を使役すればいい。お前が命じることなら、俺はなんだってやってやる」

「そんなの無理だ。そんなこと、許されるわけがない」

「許しが必要なのか？　当主とか眼鏡《めがね》野郎とかの？　なら、俺が交渉するとか脅すとかして、捥《も》ぎ取ってきてやる。矢背一族にとっても、いいことかもしれないぜ。鬼になれば、身体も強くなる。鴇守にできる仕事も増えて、今よりもっと一族に貢献できる」

「……」

鴇守は愕然《がくぜん》として、首を横に振った。

鬼になるメリットをしきりに訴える夜刀が、別人のように見えた。まるで、外側だけを残して、中身がごっそり入れ替わってしまったみたいな。

鴇守は鬼が嫌いだ。強かろうが弱かろうが、容姿が人間に近かろうが遠かろうが、人間を食べるところが受け入れられない。

好きになった鬼は夜刀だけだ。

それは夜刀が、人間を食べないという、鴇守と交わした約束を守ってくれているからだ。夜刀自身も、そのことをわかっている。

それなのに、その大嫌いな鬼に鴇守を変えようとするなんて。

「夜刀……お前、どうしちゃったんだよ。頭がおかしくなったのか？」

「どうもしねぇよ。おかしくなってもいねぇ。二人で生きるための方法を考えただけだ」

「いやだ。俺は鬼になりたくない」

「鬼になっても、鴇守は鴇守だ。なにも変わらない」

カッとなって、鴇守は叫んだ。

「変わるよ！　変わるに決まってる。鬼は人間を食べる。強くなるために、弱肉強食の鬼の世界で生き残るために。生存本能みたいものじゃないか。俺はそんな化け物になんか、なりたくない。俺は鬼から人間を守りたいのに！」

パニックに陥った人をなだめるように、夜刀は両手を上げた。

「落ち着けよ。俺は人間を食べてない。知ってるだろ。鴇守が五歳のときに、指切りげんまんして約束したもんな？　鴇守だって食べなくていい。生存本能って言うけど、必ず食べなきゃいけないってわけじゃねぇんだ。お前は俺が守るから、弱くてもかまわない。お前がやりたいことは、俺がやる。人間を守る鬼がいたっていいと思うぜ」

「俺は鬼使いとして、人間として生きたいんだ！」

「鬼使いの先祖は鬼だ。さっき、あの眼鏡野郎に言ってたように、鴇守にも鬼の血は流れてるんだぜ」

「つまり、生まれたときから俺は人間じゃないって言いたいのか」

「いや、なんていうか、そこからちょっぴり進化するだけで、おおげさに騒ぐほどのことじゃねぇ。鬼もそんなに悪くねぇよ。長生きだし、怪我もすぐ治るし。いやなことや、やりたくないことは、鴇守がやらなきゃいいだけだ」

「そういう問題じゃない！」

鴇守はぴしゃりと切り捨てた。

「そういう問題だろ。お前は俺と一緒に生きたくないのかよ。このまま年取って、俺を置いて死ぬつもりなのか。一人残された俺が可哀想だと思わねぇのかよ！」

夜刀も段々ヒートアップしてきて、二人は顔を突き合わせて怒鳴り合った。

「思うよ！　俺だって、お前を残して死ぬのは心残りだ。だけど、俺の寿命が尽きるなんて、まだまだ先の話じゃないか」

「人間の寿命なんてあっという間だ。俺が何百年生きてきたと思ってる。人間は不治《ふち》の病にかかるし、ちょっとのことで大怪我するし、油断してたらすぐに死んじまう」

「そうかもしれないけど、お前のやり方は強引で勝手すぎる。俺を鬼に変えればいいってもんじゃないだろう」

「俺もいっぱい考えたんだ。解決方法はこれしかねぇ」

「夜刀。その解決方法は間違ってる。俺は鬼になりたくない。それをわかってくれ。どれだけ利点を並べ立てても、鬼になるのはいやだ。俺は人間なんだよ、人間でいたいんだ！」

「俺を愛してないのか」

「愛してるよ！　お前こそ……いや、お前を愛するのと、俺が鬼になるのとはまったくべつの話だ」

「同じだ。突きつめれば、そこにたどり着く。絶対に避けて通れない」

夜刀は頑迷で引きそうもなく、鴇守は唇を噛《か》んだ。

お前こそ、本当に俺を愛しているのかと訊《き》くところだったが、愚問だと気づいてやめた。愛しているからこそ、夜刀はこんな愚かなことをしでかしたのだ。

しかし、鴇守を生かすために、鴇守の本質を壊したら、本末転倒である。

このまま言い争っていても、平行線をたどるだけだ。

夜刀の望みは明確だ。二人でずっと一緒に生きるために、鴇守を鬼化する以外の方法を鴇守が示してやらないと夜刀は納得しない。

だが、今はそれを思いつかなかった。思いつける自信もない。鴇守の寿命を鬼並に延ばす方法なんて、どこにもない。

一緒に生きたい夜刀に、残されるのがいやなら一緒に死んでくれとは言えなかった。言ったとしても、反対するだろう。

鴇守を鬼に変えてしまえば、夜刀は彼の望みどおり、鴇守と一緒に生きられる。そのすべも力も、夜刀は持っているのだ。

夜刀と一緒に永遠を生きる、という考えには正直、魅力を感じる。愛する鬼と分かたれるのは、鴇守だってつらい。

それでも、鴇守が鬼になるという選択肢はありえない。鴇守には耐えられない。肉体的な別離はなくなっても、精神的な距離ができて、二人の関係は変わってしまうだろう。

気分を切り替えるために、鴇守は三回深呼吸した。この不毛な話し合いの路線を変えなくてはならない。

鴇守は表情を改め、主の顔になった。八歳で契約を結び、鬼使いと使役鬼の関係になってから、主導権を握るのは鴇守だ。

「夜刀。今度のことで、お前は俺の信頼の一部を失った。それはわかるな」

「……う」

夜刀は叱《しか》られた子どものように、唇を突きだしてふてくされた。

鬼化計画を鴇守に話せば反対されるとわかっているから、無断でやったのだ。夜刀が先に鴇守を裏切ったのである。

「お前の言い分はわかった。どうにかする方法を考えるから、俺にも時間をくれ」

「鬼になれば一挙解決……」

「鬼になる以外でだ。いいか、夜刀。信頼が失われれば、愛も薄れていく。俺が完全なる鬼に近づくたびに、お前への愛が消えて、憎しみに変わるかもしれない」

「……」

「そんなの、お前もいやだろう？　とりあえず、俺を人間に戻せ。それが先決だ。お前は急ぎすぎなんだよ。お前の希望を俺はもう知ってしまったんだから、地道に、正攻法で俺にプレゼンしてみたらどうだ。勝手にやられるよりも、よっぽど感じがいい」

「鬼になろうぜって地道に攻めたら、お前が根負けするってことか?」

「……まぁ、そういうことかもしれないけど、そうはならないかもしれない。マイナスからのスタートになるし、お前次第だな」

自分でもなにを言っているのかわからなくなってきたが、鴇守は威厳ある態度を崩さなかった。夜刀がどれだけ粘ろうとも、鴇守が頷かなければいいのである。

譲歩できるのは、ここまでだ。それを夜刀に知らしめる必要がある。

夜刀は明後日《あさって》のほうを向いたり、頭を掻いたりしながら少しの間考えていたが、しぶしぶ言った。

「そんなに簡単には戻らないぜ。時間をかけて絶妙の配分で濃くしていった鬼の成分を、少しずつ薄めていかねぇと。うまくいくかどうか、俺にもわかんねぇ。鬼に変えるのも戻すのも初めてだからよ」

「初めて……」

「そりゃそうだろ。俺が欲しいと思ったのは、鴇守だけなんだから」

試行錯誤を我が身で体験するはめになっても、人間に戻してもらえそうだとわかって、鴇守は安堵《あんど》した。

時計の針が戻らないように、混ざった絵具を分離できないように、元通りにはできないと言われる可能性は高いと覚悟していたのだ。

「じゃあ、今から戻すための第一段階を始めてくれ」

「今からか？」

「右恭さんの護符で火傷《やけど》をしたくないんだ。すごく痛かったし。護符に反応しない程度まで、早急に戻して。そういえば、いつどうやって、鬼化を進めてたんだ？」

「いちゃいちゃしてるときに、ちょびっとずつな」

着ていたコートを脱ぎ、キッチンの椅子《いす》の背にかけていた鴇守は、勢いよく振り返って夜刀を見上げた。

言葉の意味がわからないほど、鈍感ではないつもりだ。鴇守にとってセックスは愛を確かめ合う行為なのに、不純な目的に便乗されていたとは。

胸がムカムカした。鴇守が大事に思っていたものを、汚された気分になる。

「……人間に戻るまで、お前とはセックスしない。決めた」

「けど、鬼の成分を抜くには、お前が射精しないといけないんだぜ」

「は？」

鴇守は目を剝《む》いた。

「俺が注いできた鬼の成分を、お前の精液から吸いだすってこと」

ということは、鬼の成分は夜刀の精液によって運ばれ、鴇守の内部に浸透していったということだろうか。

二人はほとんど毎晩愛し合っている。一夜の交わりが、一度ですむことは稀《まれ》だった。

「お前、いつからそれを……。もしかして、お前とセックスするようになってからずっと?」

「そ、そんなことねぇよ。最近だ、本格的にやり始めたのは」

夜刀の言葉が嘘か本当かはわからない。いつから始めたにせよ、鴇守の身体は右恭が顔色を失うほどに、変わってしまっている。

今は夜刀と性的な行為ができる精神状態にはない。

しかし、人間に戻るためには、夜刀に触れさせなければならない。鴇守が自慰をして精液を出すだけでは、意味をなさないだろう。

鴇守は気が進まないまま、顔を歪《ゆが》めていやそうに言った。

「仕方がない。夜刀、やって」

「おう」

キッチンスペースで棒立ちになって動かない鴇守を、夜刀はそっと抱き上げて、ベッドに運んだ。

仰向けに寝かされ、唇を合わせてこようとするのを拒む。

「人間に戻すための作業なんだから、キスなんかしなくていい」

「ちぇっ」

夜刀は不満そうだったが、無理に口づけようとはしなかった。

ここで強引に押したら、鴇守に一生許してもらえないとわかっている。勝手に鬼に変えようとしたくせに、こういうときの引き際はきちんと弁《わきま》えているところに、鬼の狡《ずる》さを感じた。

夜刀が狡いのは今に始まったことではない。夜刀は鬼なのだ。

シャツとズボンを脱がされ、鴇守は裸になった。腰巻一丁の夜刀は裸のようなものだから、肌と肌が直接触れ合う。

いつもは安心するのに、今日は落ち着かない。

前戯も拒否すると、夜刀は鴇守の陰茎を大きな手で握りこんだ。

「……っ」

優しく擦《こす》られれば、慣れた快楽がじんわりと鴇守の身体を昂《たかぶ》らせていく。情けないほどに、男の肉体は正直だった。

むくむくと成長していく鴇守自身に気をよくしたのか、夜刀の手淫《しゆいん》にも熱が入る。

性器全体を濡《ぬ》らすほどに先走りが漏れてきたころ、夜刀はようやく身体を下げて、勃起《ぼっき》したそれを舐《な》め上げた。

「うぅ……」

ねっとりした舌使いに、鴇守はたまらず呻《うめ》いた。

ぱくりと口内に含まれ、腰が跳ね上がる。射精するまで時間がかかるかもしれない、などと思っていたが、間違いだった。

夜刀は鴇守の弱いところを知り尽くしている。先端を舌先で激しく舐めまわされると、あっという間に限界が来た。

「あっ、うっ」

声が殺しきれない。

我慢するべきなのか、早く終わらせるべきなのか、よくわからない。身を委《ゆだ》ねているうちに、鴇守は射精した。

「んんっ」

片手で口元を覆い、解放を味わう。

こんな状況なのに、気持ちがよかった。断続的に噴きだす精液を、夜刀が飲んでいるのがわかる。

鴇守に染みこんだ鬼の成分を、回収しているのかもしれない。

残滓《ざんし》を吸い上げられて、鴇守は足の指をきゅうっと丸めた。出るものがなくなっても、夜刀は口を離さずに愛撫《あいぶ》をつづけている。

鴇守も抵抗しなかった。少しでも多く精液を出したほうが、早く人間に戻れるなら、そうしたい。

夜刀の手が、鴇守の腰や太腿《ふともも》、尻《しり》を柔らかく撫《な》でている。背筋がぞわぞわするから、やめてほしかった。

肌が感じると、触れさせなかった乳首も勃《た》ってしまう。もの足りないと疼《うず》き始めてしまう。けれど、夜刀にねだることはできなかった。自分で触るのも駄目だ。

「……く」

鴇守は顔をしかめて声を噛み殺し、いつ終わるともしれない不本意な愉悦の波の合間で、ゆらゆら揺れつづけた。


夜刀に背後から抱きこまれる形で、鴇守は横たわっていた。

最終的に、夜刀は三回、鴇守を射精に導いた。三度目はずいぶん焦《じ》らされて、快楽に慣れた尻が疼いていることに気づいた夜刀が弄《いじ》ろうと指を伸ばしたが、鴇守は頑として許さなかった。疼く乳首も吸わせなかった。

不満そうにしながらも、夜刀は鴇守に従った。

夜刀の肉体も興奮し、吐きだすことができずに昂ったままだが、文句も言わずに、じっと鴇守を抱き締めるだけで我慢している。

鴇守の目は冴《さ》えていた。いろんなことがあって、身体は疲れているのに眠れない。

こうなってもまだ、どこか信じられない気持ちがある。鬼に変じかけているという自覚も、先ほどの射精の回数分だけ人間に戻っているという自覚もなかった。

鴇守は右手の指先を、左手で握りこんだ。護符で負った火傷は治っているけれど、痛みは思い出せる。

鴇守に黙ってそんな身体にしたなんて、本当にひどい裏切りだ。

違う種族に生まれた運命の壁を、鴇守に破らせることで、夜刀は乗り越えようとしている。

何度考えても、鴇守の結論は変わらない。

人間として生まれた以上は、人間でありたかった。鬼使いの使命をまっとうしたい。

永遠に若い夜刀の隣で、老いたくない気持ちはある。老いていく自分を、夜刀が変わらず愛してくれるのかどうかも、本当のところ自信はない。

しかし、そのことが不安でたまらないわけではなかった。鴇守は二十一歳とまだ若く、老いはそこまで差し迫った問題ではない。寿命もそうだ。

鬼使いたちの寿命は、一般的な平均寿命と変わらないように思う。七十代の鬼使いが何人も現役でいるのだから。

——どうして今なんだろう。

鴇守は考えた。

ずっと一緒に生きたいという願いは、夜刀のなかで急速に芽生えたものではないはずだ。夜刀はきっと、鴇守が幼いころから、鬼化について考えていたかもしれない。

だが、焦ってはいなかった。

鴇守が鬼を怖がるから、毎年五センチずつ地味に成長して、去年の今頃はやっと四十センチに到達したところだった。

鴇守を鬼に変えるどころの話ではない。そんなことを一年前の鴇守に欠片《かけら》でも漏らしたら、卒倒していただろう。

気長にやるつもりだったのは間違いない。それが今、なぜこんなことになったのか。

夜刀が起きて、鴇守を窺《うかが》っているのはわかっていたが、鴇守は口を開かなかった。

議論をするだけの気力も体力も残っていない。

鴇守は寝つけないまま、寝返りを打つのも我慢して、朝が来るのを待った。

4

翌日、鴇守《ときもり》は夜刀《やと》を連れ、右恭《うきょう》の事務所に向かった。

鴇守と並んで歩くところをほかの人間たちに見せたいという理由で、夜刀は外出する際、人間の姿を取っている。服装も、連れだって歩く二人がちぐはぐな格好をしているとおかしいので、鴇守に合わせたスーツだ。

鴇守を鬼に変えようとしたくせに自分は人間に化けるのかと思うと、やけに腹立たしくて、鴇守は夜刀に話しかけられてもろくに返事をせず、視線すら向けなかった。

「鴇守、ごめん。悪かったって。そんなに怒んなよ」

無視されつづけている夜刀が、困り果てたように肩を落とした。

それをチラリと横目で見て、鴇守はさらに足を速めた。

夜刀が謝るのは、鴇守が怒っているのをなだめるためで、夜刀自身の行為を悔いて反省しているからではない。雨に降られてずぶ濡れの犬みたいな顔をしているが、どんな顔をすれば、鴇守の同情を買えるか、よくわかったうえでやっている。

そういう駆け引きは、鴇守が子どものころからあったし、意味のない謝罪に返事をする必要はなかった。

これからどうすればいいのか、鴇守にはわからない。

五歳の鴇守の枕元に姿を現したときから、夜刀は鴇守の心の支えになった。鬼使いでない家族は、鴇守に過剰な期待をするばかりで守ってくれず、重圧でつぶれそうになる鴇守を救ってくれたのは夜刀だった。

鬼が見える変わった子どもの鴇守と、友達になろうとするものはおらず、鴇守に群がってくるのは、大嫌いな鬼たちだけ。

孤独と恐怖にまみれた状況で、無条件に降り注がれる夜刀の愛情と庇護《ひご》がなかったら、鴇守はまともに育つこともできなかっただろう。

しかし、鴇守は裏切られた。誰より信頼していた夜刀の言葉を、今は疑わざるを得なくなっている。

「無視すんなよ、鴇守。勝手なことして、ごめん」

「……」

哀れっぽい声で謝る夜刀に、鴇守はやはり、なにも言わなかった。

夜刀をどう扱えばいいのかも、わからないのだ。

進むべき道が見えなくなってしまった。鬼使いとして生きると覚悟を決めたところで歩む道が見えて、それがずっと先までつづいているはずだった。

どんなに困難な道でも、夜刀とともに歩むなら進めると信じていた。

それが今は断崖絶壁に立たされている気分である。絶壁の下では、鬼たちが両手を広げて鴇守が落ちてくるのを待っている。

恐ろしかった。なにより恐ろしいのは、無防備な鴇守の背中を、夜刀が押そうとしていることだ。

なに食わぬ顔で隣を歩いている、この夜刀が。

いてもたってもいられない焦燥感から、鴇守はほとんど小走りになって、右恭のところへ急いだ。

「お、おい、鴇守！」

夜刀も足並みを揃《そろ》えてついてくる。

右恭がかまえる事務所は、表通りから二本奥に入った道沿いに建つビルの一室にある。通い慣れた道が、やけに遠く感じた。

軽く息を弾《はず》ませながら事務所のドアを開けると、鴇守を出迎えるかのように、右恭がすぐそこに立っていた。

よく斬《き》れる刀にも似た凛《りん》とした立ち姿が、途方もない安心感を与えてくれる。

「……お、おはようございます」

なにを言えばいいのか迷い、とりあえず挨拶《あいさつ》をしながら室内に足を踏み入れた瞬間、熱さとも痛みとも判別できない感覚が全身に走った。

「……っ」

ぎょっとして立ち止まった鴇守の腕を、右恭が引っ張った。

「鴇守さんはこちらへ」

促されるまま室内に入ると、熱さも痛みも消えていた。余韻のようなものは体内に残っているが、気にかかるほどではない。

「さっきのは」

なんだったのですか、と右恭に訊《たず》ねようとしたとき、夜刀が叫んだ。

「ごっ！　なんだこれ、入れねぇぞ！　俺を締めだす結界を張りやがったな！」

振り返れば、夜刀が拳《こぶし》を振り上げて空を殴っていた。

開け放たれたドアの部分に見えない壁が存在しているようで、殴っても蹴《け》っても、体当たりしても、夜刀の身体は境界線を突破することができない。

ごっ、という声は、鴇守につづいて入ろうとし、その見えない壁に額を強打したときに出たものらしい。証拠に夜刀の額が赤くなっている。

「主を裏切る鬼など、私の事務所に入れたくないのでね。外で待たせておけばいい」

右恭は鴇守に向かってそう言い、ドアを閉めようとした。

「待ちやがれ、眼鏡野郎！　俺を見くびるんじゃねぇぞ。この程度の結界、俺が破れないと思うか。このビルごと破壊してやる」

縦に裂けた金色の目が、爛々《らんらん》と光った。人間に化けているのに、目だけが鬼に戻っている。白くて長い牙《きば》も、唇から出ていた。

最強の修復師《しゅうふくし》が張った強力な結界を、最強の鬼が力任せに破ろうとするなんて、大災害になる予感しかしない。

鴇守は慌てて夜刀に言った。

「駄目だ、夜刀！　そんなの俺が許さない。右恭さんに相談したいことがあるから、お前は外で待っててくれ」

「えーっ！　お前と眼鏡野郎を二人っきりにしろってのか？　浮気だぞ、それは！　絶対にいやだ！　俺の目の前で浮気すんな！」

駄々《だだ》を捏《こ》ねる子どものごとき主張は、いつもの夜刀と同じだった。夜刀が浮気と認定する範囲は極端に狭い。

浮気じゃない、と言おうとして、鴇守は思いなおした。

「浮気されても仕方がないことをしたのは、お前のほうだろ。この先、どうすればいいか、少しお前と離れて考えてみたい」

鴇守自身が驚くほど、鴇守の声は冷ややかに響いた。

だが、取り繕《つくろ》うつもりはなかった。夜刀がそばにいると、鴇守はどうしても夜刀の考えや感情に引きずられてしまう。

夜刀もそれをわかっていて、鴇守を丸めこもうとする。

右恭の結界を通り抜けるときに感じた違和感は、鴇守のなかで変じた鬼の部分に反応したに違いない。普通の人間なら、なにごともなく通れるはずだった。

そんな身体にしたのは、夜刀なのだ。

「鬼の力を借りずとも、鬼に変じかけている人間をもとに戻す方法はありますよ」

見えない壁を挟んで向き合う二人の間に、右恭の声が割りこんだ。

「え……」

「余計なことを言うんじゃねぇ！」

すぐさま、夜刀が怒鳴った。

「黙れ。主を裏切った鬼が騒ぐな」

右恭は落ち着き払っている。夜刀に対抗できる力を持ちうるものだけがまとえる自信が、泰然とした態度から透《す》けて見えた。

夜刀に頼らなくても、人間に戻れる。

薄暗く厚い雲の間から一筋の光が差したようだ。あまりに嬉《うれ》しくて、鴇守はその場に崩れ落ちそうになった。

ぜひとも、その話を詳しく聞かせてもらわねばならない。

「夜刀、右恭さんと話をする間、外でおとなしくしてなさい」

「ここにいてもいいだろ！　睨《にら》むだけで、口は出さねぇ。黙ってるって約束するし」

「ちょっと冷静になりたいんだ。お前がいたら、冷静になれない」

「でもよぅ！」

「これは命令だ」

「うー」

毅然《きぜん》とした態度で命じれば、夜刀は唸《うな》りながらもしぶしぶ引いた。

我儘《わがまま》を言って強引に押しても、鴇守の感情を逆撫《さかな》でするだけだとわかっているのだろう。空気が読めない場合も多々あるが、基本的には敏《さと》い鬼だ。

結界越しに突き刺さる夜刀の視線を、右恭がドアを閉めて無慈悲に遮った。

「この事務所内にいる間、あなたの話す言葉はあの鬼には聞こえません。もちろん、私の言葉も。ですから、安心してください」

「そうなんですか」

鴇守はぱちりと目を開いた。

使役鬼は、主の鬼使いがどこにいても居場所を察知できるし、主が話す言葉はどれほど離れていても聞き取れるという。

契約を交わすときに、鬼使いは使役鬼の血を飲む。おそらく、体内に受け入れた鬼の血が、発信機のような役目を果たし、本体の鬼にすべてを知らしめるシステムなのだろう。

だから、夜刀と物理的に距離を取っても、鴇守の発言は夜刀に知られることになる。外で待たせることに、あまり意味はなかったのだ。

そう思っていたが、そうではなかったらしい。

鴇守は大きく息を吐き、吸いこんで、また吐きだした。

結界のせいか、部屋の空気は清涼だった。夜刀とのつながりが切れることで解放感を味わうなんて、初めてかもしれない。

「失礼」

右恭の手が伸びてきて、鴇守の頭、額より少し上のあたりをそっと探った。

「な、なんですか?」

普段、不用意に鴇守の身体《からだ》に触れてくる男ではないので、鴇守は驚いた。

右恭はすぐに手を離した。

「いえ。鬼化の度合を確かめたかったのです。取り返しがつかないほど、進んでいるわけではなさそうですね。角も生えてきていませんし」

「つ、角?」

ぎょっとして鴇守は叫んだ。

自分の両手を頭にやって、右恭が触っていたところを探ってしまう。額上部の左右はちょうど、夜刀の角が生えているのと同じ場所だった。

指先には、頭蓋骨の丸みが感じられるだけで、怪しい突起はどこにもない。夜刀は二本角だが、一本角の鬼もいる。

鴇守は真ん中あたりも探り、念には念を入れて、頭全体を確かめてみた。

「……ない。角はないです、右恭さん」

「ええ。よかったです」

「鬼になると角が生えるんですか？」

「おそらく、生えるでしょう。形状まで変化してしまうと、格段に難しくなるのです」

では、鴇守の状態は、右恭が難しいと判ずる段階には移行していないということだ。

昨日の護符の激しい燃え方に鑑《かんが》みて、相当進んでいる感じがしていたから、鴇守は胸を撫で下ろした。最悪の場合、手遅れになることもあるかもしれない。

「さっきおっしゃっていましたが、俺を人間に戻すことができるというのは本当ですか？」

「もちろんです。その話の前に、確認させてください。あの鬼と、話をしましたね？　鬼に変わりつつあるという事実を、受け入れられましたか？」

「……は、ぁ」

鴇守は気まずさで、口ごもった。

昨日右恭と別れたときには、鴇守はそれが事実だと信じていなかった。夜刀がそんなことをするわけがないと、信じていたのだ。

長いつき合いと愛情に基づく、圧倒的な信頼があったから。

実際には、夜刀が嘘つきで、真実を告げていたのは右恭だった。右恭だって、鴇守に嘘をつくはずもないのに。

「すみません。右恭さんのおっしゃるとおりでした。夜刀は俺を、鬼に変えようとしていたんです。こっそりと」

うなだれる鴇守をソファに座らせ、右恭は隣に腰かけた。

「わかっていただければ、それでいいのです。あなたとあの鬼には、積み重ねてきた年月がある。あなたの感情の比重があの鬼に傾いているのは、当たり前のことです。全幅の信頼を寄せているあなたに、あの裏切りものの鬼はどのような言い訳を？」

「言い訳というか……」

鴇守は昨夜明らかになった夜刀の言い分を思い出しつつ、自分でも整理するように右恭にぽつりぽつりと話した。

「俺を失いたくないと言ってました。人間はどうしたって、鬼より先に死ぬ。俺も考えたことがあります。夜刀の気持ちは、痛いほどわかりました」

「だから、鬼になってもいいと？」

「いいえ、いいえ！　それはありません」

俯《うつむ》いていた鴇守は頭を上げ、右恭を見つめて訴えた。

「俺は鬼になりたくない。いくら夜刀と同じものであっても、鬼はいやだ。いやなんです。鬼になって生きるなんて、耐えられない。人間を……人間を」

「美味《おい》しそうだと思い、食欲に負けて食べてしまうなんて、耐えられない？」

言い淀《よど》んだ先を明確に言い当てられ、鴇守はこくこくと首を上下させて頷いた。

それは、人間が本能的に越えられない一線だと思う。

「鬼になっても、人間を食べたがるとはかぎらないし、食べたくなければ食べなきゃいいし、俺は俺のままで変わらないと夜刀は言うけど、そんなの信じられません。人を捕食しない人畜無害な鬼にならなってもいい、というわけでもありませんし。とにかく、俺は鬼になりたくないから、すぐにでも人間に戻すよう、夜刀に命じました。その、なんというか、俺を鬼に変えるための手段があって……それを用いれば、戻すこともできるらしいんです」

セックスを通じて鬼化が進み、戻すときにもまた性的な接触が不可欠だ、ということをはっきり言えなくて、鴇守はぼかした。

察しのいい右恭は、手段について追及しなかった。

「それで、戻すと言いましたか？」

「一応は。これは裏切りだ、このまま俺が鬼に変わったとしても、お前への気持ちも変わるだろうと言ったら、戻すと約束はしてくれました。初めてのことなので、成功するかどうかはわからないらしいですが」

「約束を守らず、あなたを鬼に変えたあと、けろりとした顔で失敗したと言う。あの小狡い鬼がやりそうなことです」

右恭の洞察は的確だ。

夜刀はそんなことしません、と毅然《きぜん》と言い返したいのに、できない。鴇守も同じように考えたからだ。

夜刀の狡さを、鴇守も知っていた。鴇守の幸せを願いながら、自分の幸せも追求している。自分を犠牲にし、愛する人のために尽くすという思考はない。

鬼とはそういう利己的な生き物だ。

いや、人間も変わらないのかもしれない。鴇守だって、自分の嫌悪の心を殺し、夜刀のために鬼になってあげようとは思わないのだから。

「俺はどうあっても、鬼にはなれません。夜刀にも言いましたが、鬼に襲われる人間を助ける鬼使いでありたいんです。鬼使いには先祖の雌鬼、芙蓉《ふよう》の血が混ざっていて、純粋な人ではないのかもしれない。でも、俺は自分を人間だと思っています。だから、俺を人間に戻す方法があるなら、教えてください」

「簡単な方法ではありません。あなたにも相応の覚悟が必要です」

「はい」

鴇守は背筋を伸ばし、居住まいを正した。

「あなたの鬼と決別するのです――永遠に。あなたから、あの鬼のすべてを排除するということですから」

右恭の声は淡々と響いた。

「隠塚《おんづか》に伝わる術式では心もとないので、私が強力なものにアレンジして、あなたに施します。鬼はあなたを手放すまいとなりふりかまわず、全力で私を倒しに来る。一方で、あなたにも全力で縋《すが》ってくる。思い出を語り、情に訴え、愛を囁《ささや》くでしょう。あなたが揺らぐ弱点を、あの鬼は知り尽くしている。私にはどんな攻撃にも持ちこたえる自信がありますが、あなたの心が折れたら、そこで終わる。なにを言われても耳を貸さず、揺らがず、永遠の別れをあなたから言い渡す。あなたのなかで、関係を終わらせ、あれとのつながりを絶たねばならない。その覚悟がありますか？」

「……」

鴇守は息を止めていた。

なにも言えなかった。

夜刀に腹を立てていた。鴇守に無断で、鴇守の気持ちを無視して、自分のやりたいことを優先した夜刀が許せなかった。

悲しかったし、信頼はガタ落ちした。愛し合っているのに、お互いに求めているものが違っていた。

その違いはとても大きいけれど、永遠の別れを決意するほどではない。恨んで憎むほどの激烈な怒りもない。

鬼になって夜刀と永遠を生きるか。

人間のままで夜刀と永遠に別れるか。

鴇守に用意された選択は、このふたつしかないのか。

夜刀は知恵も慈悲もある鬼だ。話し合いによって、妥協点を見つけて歩み寄ることはできないのか。

残念なことに、鬼の夜刀とは、話し合っても理解し合えないことがあった。学生時代に苛《いじ》めを受けた鴇守のために、夜刀は苛めっ子たちに復讐をした。

それは、鴇守が望んでいないことだった。復讐してはいけないと、鴇守が命じていたのに、鴇守を愛するがゆえに我慢できなくて、勝手にやった。

夜刀のしでかした復讐が露見したときには、鴇守は厳しく叱ったものだが、夜刀が反省したかどうかは怪しい。

鴇守のために怒り、復讐してくれる夜刀の気持ちが嬉《うれ》しかったのも事実で、夜刀はそんな鴇守の気持ちにも気づいていただろう。

つまるところ、鴇守と夜刀はお似合いの二人だった。

鴇守は夜刀のいいところをたくさん知っている。

夜刀と離れて生きる自分を、鴇守は想像することができない。夜刀は影のように、鴇守にずっとくっついていた。

鬼になった鴇守は、以前と同じ鴇守ではないかもしれない。だが、夜刀を失った鴇守も、以前と同じ鴇守ではなくなっているはずだ。

沈黙がつづいていて、なにか言わなければならないと思い、鴇守は口を開いた。

「お、俺は……、夜刀、夜刀と」

喉《のど》が詰まって、声が出てこなかった。

右恭の手が、鴇守の膝《ひざ》にそっと載せられた。非常に整った容姿を持つ右恭は、手も美しい。指が長くて、品がある。

冷たいように思っていたが、触れた膝から温かいものがじんわりと伝わってくる。

「かまいませんよ、鴇守さん。今すぐ、決断してほしいところですが、あなたが壊れてしまっては意味がない」

言葉を切った右恭を、鴇守は見上げた。

「私はあなたを守る。あなたを傷つける、あなたの鬼からも守ってみせる。私はあなたに嘘をつかない。決して裏切らない。私はあなたのために存在する修復師です。耐えられなくなったら、いつでも私を呼んでください。どこにいても駆けつけて、あなたを守ります」

熱烈だった。

つねに冷静でわかりやすく激することのない、クールな佇《たたず》まいのどこに隠し持っていたのかと思うほどの熱量が、鴇守に向かって押し寄せてくる。

「右恭さん……」

鴇守の目元が潤んだ。

こんなにも頼りない、鬼に変じかけている鴇守を疎《うと》むことなく、まだ主といただいて尽くしてくれようとしているのだ。ありがたく、心強かった。

「今日から、私のマンションで寝泊まりするといい。ここと同じ結界を張ってあるので、鬼の目は届かず、声も聞こえない。私も邪魔はしません。あなたに必要なのは、一人になれる時間と空間です」

一人になって自分を見つめなおしたら、答えが出るのだろうか。

いや、答えならもう出ている。

鴇守は膝の上の右恭の手に、自分の手をそっと重ねた。自分の言葉が、右恭を拒絶するものではないと、わからせるように。

「ありがとうございます。いろいろお気遣いくださって。でも、大丈夫です。俺は夜刀と離れられないし、まだ夜刀を信じたい。鬼の成分を抜いて人間に戻すと夜刀は言いました。今はそれを信じてみます」

右恭は眉根《まゆね》を寄せ、難しい顔をした。

「本当に戻せるかどうか、わからないと言っているのでしょう。その言いようでは、戻す気がないとしか考えられません」

「すみません。これが俺の甘さで、弱さなんだと思います。それでも、夜刀は俺の鬼だから、俺が信じてあげないと」

「あなたの信頼をまた裏切ったら、どうするつもりですか」

「……わかりません。そのときに考えます」

鴇守は苦笑した。

矢背の鬼使いたるもの、あらゆる可能性を考慮し、何手も先を読んで対処方法を用意しておくべきなのだろうが、本当に今は考えられなかった。

「そのとき、あなたは鬼に変わってしまっているかもしれない。私の力をもってしても、救えない場合もある。そうなっては遅いのです。なにがあろうと、私はあなたを失えない。失う危険のある行為は避けていただきたい。見切りをつけるのは早ければ早いほうがいいのです」

「見切り、ですか」

「そうです。六道《ろくどう》の辻《つじ》には無数の鬼がいる。あなたに合う鬼を、私が必ず見つけます」

右恭は夜刀を切り捨てろと言っているのだ。

夜刀は稀有《けう》な力を持つ最強の鬼だが、鴇守は複数の鬼を使役できる。夜刀の代わりは、数でカバーできると考えているらしい。

だが、夜刀以外の鬼と使役契約を結ぶなんて、鴇守にとっては、鬼に変じるのと同じか、それ以上にいやなことだった。

　次期当主の椅子が用意された険しい鬼使いの道は、夜刀と一緒でなければ歩めない。鴇守の脆弱《ぜいじゃく》な心が、もたない。

　鴇守は目を伏せて首を横に振り、ぼんやりと呟いた。

「俺には夜刀でないと……。片時も離れずに生きてきたんです」

「信頼をかさにきて、あなたを裏切ったんですよ。愛していても、やっていいことと悪いことがあります」

　右恭の言うとおりだ。

「まさか、人間を鬼に変えることができるなんて」

「珍しいことではありません。人間が鬼に変わる。そのような伝承は、古来より各地に残っています。怒りや恨みを抱いているものが、憎む対象を害そうとして鬼に変じたり、なさねばならぬことを追求するあまりに、道を外れて鬼になるものもいる。愛する人を自分のものにしたくて、鬼に変えた鬼もいます。すべてが真実だとは言えないでしょうが、鬼になった人間がいるというのは事実だと、私は考えています」

「俺を鬼にしたいって、夜刀がそんなふうに考えてること、知らなかったんです。死に別れるのはいやだっていうけど、俺はまだ死ぬような年じゃないし」

「あなたが死について考えるのは、早すぎます」

「でも、夜刀は考えずにはいられなかった。俺のほうが早く死ぬのはわかりきった事実だし、もっと話し合うべきだったのかも」

「話し合ったところで、結果は同じでしょう。あなたが鬼になりたくない以上、あの鬼はあなたを騙《だま》して鬼にするしかない。鬼は所詮、鬼なのです。人間を愛することはできても、善悪の区別はつかない。人を食う鬼は、人の道理から外れたところにいるのです。自分の使役鬼を信じるのも愛するのも悪いことではありません。が、信じすぎるのはよくない」

「……」

鴇守は考えこんだ。

右恭の言うことはわかるが、これまでの人生を振り返れば、夜刀を信じないで誰を信じればいいのかと思う。

だが、実際にとんでもないことをやらかそうとしていた夜刀を、今までどおり信頼できるかと言えば、自信がなかった。信頼する、というより、信頼したい、に変わってきつつある。

それはもはや、信頼が失われていることを意味する。

自分が鬼に転じかけていたことに無自覚だったのが、余計に怖かった。右恭でさえ、護符が燃えるのを見なかったら気づかなかったのだ。

「あ……」

鴇守はふと、夜刀とセックスをするようになってから、肉体的な疲労が溜《た》まりにくくなったことを思い出した。

「どうしました？」

「いえ、鬼化について、今気づいたことがあって」

「話してください」

「……う。とても言いづらいことなのですが、俺、すごく元気になったんです。夜刀と、その、ベッドで、一緒に寝るようになってから」

毎晩のように激しく抱き合い、二時間ほどの睡眠でもぐっすり眠った気分になり、翌朝にはすっきり目覚める。興が乗って無理な体位をしても、筋肉痛は起こらなかった。

また、仕事であちこち飛びまわり、疲れたなと思っているときに夜刀とセックスをすると、疲労感が吹き飛んでいる。

という性的なことを、鴇守はオブラートに包もうとし、失敗してところどころ破りながら、なんとか説明した。

「俺はもともと弱いほうで、ちょっとしたことですぐに熱を出すし、夜風に当たっただけで風《か》邪《ぜ》を引くような身体でした。それが、最近は調子が悪いと感じたことがありません。鬼に近づくにつれて、丈夫になったということでしょうか」

右恭は眼鏡のブリッジを指で押し上げた。その表情には、驚きも動揺もない。

「去年の十一月の終わりごろ、同調の修行を始めるとあなたが決めたとき、三日間ほどやけにやる気に満ち溢《あふ》れて、私にも好戦的な態度を取ったことを覚えていますか」

「……はい」

「まるで、人格が変わったように思えました。あれは、鬼化の弊害ではないかと、私は考えています」

鴇守も思い出した。そう言われてみれば、確かに人格が変わったようなふるまいをしてしまった。

理由もなくハイテンションで、やる気はあったが、深く物事を考えられなかった。普段の鴇守では絶対に考えないことを考え、やらないことをやっていた。

「あのときから、俺はもう変わって……」

気分が悪くなってきて、鴇守は口元を押さえた。

当時の自分を思い出せば思い出すほど、ありえなかった。不遜《ふそん》で、厚かましかった。自分のやりたいことをするために、他人の迷惑を考えずに行動に移していた。

異常な状態は三日で収まり、その後、自分がおかしかったことに気づいたものの、原因や理由に心当たりはなく、誰かに指摘されることもなかったため、時間が経《た》つにつれて不思議に思う気持ちが薄れ、忘れてしまっていた。

あのとき、夜刀はどうしていただろう。うろたえていたかもしれない。

「あのような弊害があることを、あの鬼も知らなかったのでしょう。あれではまずいと思い、慌ててもとに戻した。もうひとつ、六道の辻に行ったとき、鬼を惹《ひ》きつけるあなたの魅力が増していました。鬼化が進むと、そうなるのかもしれない。これも、あの鬼には予想外のことだったでしょうね。私には、あの鬼が試行錯誤を繰り返しているように見えます。あなたの身体を使って」

「俺の身体を使って」

夜刀も初めてのことだから、加減を確かめながらやるしかないのだろう。もとに戻す、というコマンドが生きているのはよかったが、まるで実験動物のような扱いである。

それでも、ほかの人間で予行演習をされるよりはましだ。

「……！」

そう思ったとき、ふと閃《ひらめ》いた。

なぜ今、鴇守を変えようとするのか、という昨夜の疑問の答えが。

身体を交えないと、鬼に変えることができないのだ。昨夜のやりとりからみて、精液、つまりは精気を用いる必要があるのだろう。

鴇守が十五、六のころから、いやもっと幼いころから鬼に変えたいと夜刀が思っていても、性的な関係を結んでいないから、できなかった。ただ、それだけのことだった。

夜刀と愛し合うのが、鴇守は好きだった。

そこに、愛を交わす以外の意味があるなんて、考えもしなかった。世にも素晴らしい行為が、なんだか穢《けが》れたものに思えてくる。挙句に、性格も考え方もまったく違う鬼に変えられるなんて、冗談ではなかった。

なにが、鬼になっても鴇守は変わらないかもしれない、だ。変わる可能性の高さを、知っていたくせに。

険しい顔になっていく鴇守に、右恭が囁いた。

「あなたは一人でありません。私がいます。心を強く持ってください。あの鬼があなたを裏切っても、私が必ず、あなたを人間に戻します」

「……」

鴇守はうなだれるようにして頷いた。

右恭がいてくれてよかったと思う。こんな難しい問題は、鴇守だけではどうやったって乗り越えられない。

ここに至っても、夜刀と永遠に決別するという道を取るだけの決心はつかないけれど、夜刀の暴走を止めてくれる人がすぐそばにいるのは、とてつもない安心感をもたらしてくれる。

右恭の手が、鴇守の背中にまわっていた。こんな場面を見たら、夜刀は浮気だと叫んで、激怒するだろう。

しかし、こうなったのは夜刀のせいだ。

夜刀のそばでは寛《くつろ》げないのだから、この静かで平穏な空気をもう少し味わっていたい。右恭もそれを許してくれる。

目を閉じれば、あろうことか眠気に襲われた。こんなところで寝るわけにはいかないと思いつつ、意識が遠のいていく。

「昨夜は眠れなかったのでしょう。かまいませんから、休んでください。鬼に変えられる不安のないこの場所で」

右恭の声を聞きながら、鴇守は静寂に呑まれるようにして眠った。


携帯端末の呼び出し音が響いている。

鴇守ははっとなって、目を覚ました。自分がどこにいるのか、一瞬わからなくなって混乱したが、すぐに思い出した。

隣に座っていた右恭は、彼の執務机のそばで、携帯端末を耳に当てて立っている。さっきの呼び出し音が、そうだったのだろう。

会話の邪魔をしないように、鴇守は身体を起こし、ソファに座りなおした。

時計を見れば、まだ正午にもなっていない。ほんの小一時間ほど眠っただけだが、ずいぶんとすっきりしている。

「なんだと？　どういうことだ、それは」

右恭が殺気だった声を出し、鴇守は緊張した。

耳を澄ませると、電話の相手の声が微《かす》かに拾えたが、なにを言っているのかまでは聞き取れない。ただ、かなり興奮しているのはわかった。

「正規《まさのり》さまへの報告は？　……わかった。我々もそちらにすぐに向かう」

慌ただしく通話を切った右恭が、鴇守を振り返った。口調同様、その表情は見たこともないほど険しい。

「なにか、あったんですか？」

「京都《きょうと》の矢背の旧屋敷が、なにものかの襲撃を受けて半壊しました。近くにいた関西《かんさい》支部の鬼使いたちが駆けつけて交戦しているが、状況は厳しいと」

「き、厳しいって……」

「あなたの問題に集中したいところだが、仕方がありません。あなたと、あなたの鬼の力が必要になりそうです。私と共に京都へ行ってください」

「はい」

鴇守は蒼褪《あおざ》めた顔で頷いた。頷くしかなかった。

5

鴇守《ときもり》は右恭《うきょう》に連れられ、矢背《やせ》家所有のヘリコプターで京都へ飛んだ。現屋敷のビルの屋上に設置されたヘリポートから、旧屋敷の敷地内のヘリポートまで二時間ほどかかっただろうか。

旧屋敷は平安時代に、矢背家の祖、秀守《ひでもり》が住んでいたところにあり、江戸時代からは東京の現屋敷へ業務を移行してきたが、それ以前は長らく矢背一族の要《かなめ》であった。鬼使いと使役鬼の契約儀式は、今でも旧屋敷で行われている。

鴇守も八歳のときにここへ来て、夜刀と使役契約を結んだ。

上空から見下ろした旧屋敷は、その裏手にある山が崩れて、まるで大きな地震にでも見舞われたかのようなありさまだった。

潰《つぶ》されずに無事だったヘリポートへ着陸し、ヘリコプターから降りると、夜刀《やと》が鴇守の前に姿を現した。

「やっと来たか」

「夜刀！　どうだった？」

鴇守は勢いこんで訊《たず》ねた。

鬼の能力でどこへでも行ける夜刀は、ヘリコプターに乗って移動する必要がなく、旧屋敷周辺の被害が心配だったので、先に様子を見に行かせたのだ。

「移動しながら、聞きましょう」

早足で歩きだした右恭のあとを、鴇守は追いかけた。夜刀もついてきて、状況を報告してくれる。

「俺が来たときには、ここをこんなに荒らしたやつは消えたあとだった。どうやら、裏の山から、鬼だか怨霊《おんりょう》だかわかんねぇ化け物が突然出てきて、暴れたらしい。救援に来た鬼使いたちが使役鬼を差し向けて制圧しようとしたが、一瞬で消されたそうだ。建物の崩落に巻きこまれた鬼使いのじいさんが二人、死んだってよ。怪我人も多い」

「……！」

息を呑んだ鴇守の足が止まりかけた。右恭との距離が開いていくことに気づき、慌てて走って追いついた。

「その化け物は、なぜ消えた？」

右恭が短く訊いた。

「さぁな。見たやつの話によると、現れたときも消えたときも突然だったって言ってた。霞《かすみ》みたいに曇ってて、形もよくわかんなかったらしい。なにか目的があるような感じじゃなくて、手当たり次第に壊してまわったんだと」

「化け物は一体だけなのか」

「そうじゃねぇか。俺は見てねぇからわかんねぇ。相当な力を持ってるのは間違いないだろうな。なすすべなしで絶望していたところで勝手に消えてくれて、生き残ったやつらは命拾いしてる。そうだ、鬼来式盤《きらいしきばん》も壊されてたぜ。鬼が呼びだせなくて困ってる鬼使いがいた」

「ええっ！」

鴇守はびっくりして叫んだ。

鬼来式盤とは、人間界と六道の辻を使役鬼たちが自由に行き来するための通路と扉の役目をする術具だ。秀守の父親で陰陽師《おんみょうじ》の秀遠《ひでとお》と、母親で雌鬼の芙蓉《ふよう》、この二人が協力して作ったものと言われている。

鬼使いが使役鬼と契約を結ぶときには、必ずこの鬼来式盤を使って儀式を行う。そうして鬼使いとその使役鬼だけに通じる道を開き、仕事となれば呼びだし、そうでないときは六道の辻に戻すのだ。

四六時中人間界にいて、主のそばにべったりくっついている鬼は、夜刀くらいのものである。

「あの式盤って、平安時代からずっと使ってて、修復師の人がメンテナンスをしてたんですよね？　それが壊されたなんて……」

仕事中で人間界に呼びだされていた使役鬼はいいが、仕事中でなかった使役鬼たちは人間界に出てくる扉を失い、六道の辻に閉じこめられていることになる。

「修復可能かどうか、実際に見てみないとわかりませんね。鬼使いが使役鬼を使えないのは困ります。先にそちらへ行ってみましょう」

右恭が走りだしたので、鴇守も走った。

東京は曇り空だったが、京都は昨晩から雨が降っていたのか、道の至るところに水溜《みずた》まりができている。そこに土砂が流れこんでいて、靴底が滑って転びそうになるのを、夜刀が腕や腰を支えて防いでくれた。

「大丈夫か？　足元、気をつけろよ。いや、お前の足が泥んこになる前に、担《かつ》いで走ってやればよかったな。今から担ぐか？」

「そこまでしなくていいよ。ありがとう」

さりげない気遣いはいつも夜刀がしてくれることで、非常事態というのもあって、鴇守は夜刀の裏切り行為のことを忘れ、笑顔で礼を言った。

鬼来式盤は旧屋敷の庭にある。旧屋敷といっても、平安時代の建物をずっと使っているわけではなく、何度か建てなおしをしている。

荘厳な造りの屋敷はコの字の形をしており、空から太い鞭《むち》の一撃を食らったかのように、縦に真っ二つに破壊され、その中心の庭にある鬼来式盤も粉々になっていた。

もともとは直径五メートルほどの円形式盤なのだが、跡形も残っていない。

「……うそ。こんな、ひどい……」

無残な光景に、鴇守は声を震わせた。

十三年前、正規の側近である藤嗣《ふじつぐ》と季和《きわ》、鴇守の次に若い高景《たかかげ》、この三人の鬼使いたちに見守られながら契約を結び、夜刀を自分の使役鬼にした。

矢背の鬼使いとして夜刀の主になった、その始まりの地だった。

新月の夜に行われた儀式のことは、今でも鮮明に思い出せる。古めかしいが、厳粛で落ち着いた美しさを秘めた庭の惨状に胸が痛む。

「なにものか知らないが、面倒なことをしてくれたものです」

「どうなるんですか？　これがないと、使役鬼を呼びだせないのに」

「それは……」

難しい顔をしていた右恭が口を開きかけたとき、背後から声がした。

正規と使役鬼のあかつき、修復師の三春《みはる》、それと見たことのないスーツ姿の男が二人、こちらに向かって歩いてくる。彼らは昨夜から大阪《おおさか》で仕事をしていて、鴇守たちよりも一足早く京都に入った、と右恭が言っていた。

「あのスーツの二人、式神だ」

夜刀が鴇守の耳元で囁いた。

右恭も人型の式神を使うので、鴇守は驚かなかった。修復師が思念を練り上げて作る式神は、犬や猫などの動物型から、人間を模したものまでさまざまある。

見た目は本物と変わらず、夜刀に教えてもらわなければ、鵺守には区別がつかない。

正規は、姿勢を正した右恭と鵺守に小さく頷いた。

「被害がどの程度のものなのか、倒壊した建物の下敷きになったものがいないか、使役鬼たちを使って確認させている。式盤は見てのとおりだ。蔵も被害を受けて、保管していた術具や薬の一部が使えなくなった。使役鬼を招喚できない鬼使いは、確認が取れているだけで十人だ。ひとまず、修復師には式盤の修復を頼みたい」

答えたのは右恭だった。

「正規さま、ここまで壊れてしまうと、修復は不可能です。お許しをいただけるなら、新しい道と扉を私が作ります。時間がないので、呼びだすだけの一方通行のものになりますが、急場を凌《しの》ぐのに充分なものは作れます」

「それでかまわない。早急にかかってくれ」

「着いたばかりで、情報が届いていないのです。化け物の正体について、わかっていることがあれば教えてください。旧屋敷や鬼来式盤を狙《ねら》ったのであれば、矢背に恨みを抱くものの仕業ということになりますが」

正規は無念そうに顔をしかめ、首を横に振った。

「我々もまだ摑《つか》めていない。矢背を狙ったのかどうかも、わからない。今から三春と、それを調べに行こうとしていたところだ」

「調べに？　どちらへ？」

右恭の問いには、三春が答えた。

「御影山《みかげやま》だ。旧屋敷に詰めていたものに聞いたところ、こちらは昨夜から大雨で、夜半に大きな落雷があったそうだ。それから不気味な唸《うな》り声のようなものが聞こえ始め、朝方、突然地響きを立てて山が崩れ、様子を見に行くかどうか迷っていたら、化け物が現れたと言っていた。御影山を探れば、なにか手がかりが見つかるかもしれない」

右恭は非難めいた眼差《まなざ》しを、父親に向けた。

「山に入るつもりですか。突如消えたという化け物が、そこへ戻っていたら危険です。正規さまには、安全な場所で待機していただくべきでは。あかつきに探らせ、同調すれば、あかつきが見たものは、どこにいようとすべて見られるのですから」

「私もそう申し上げているのだが」

話題になったあかつきは、なにを言うでもなく、正規だけを愛《いと》しげに見つめている。整った顔立ちの、腰まである髪が燃えるように紅く美しい、五本指の鬼である。

「三春、右恭、これは決定事項だ。御影山は矢背家所有の山だ。その山からなにかが出たなら、矢背に関することと見て間違いないだろう。当主として、私は自分の目で確かめなければならない。あかつきがいるのだから、心配するな」

当主を危険な場所へ行かせまいとする二人の修復師を、正規はたしなめた。

鴇守だって、化け物が潜《ひそ》んでいるかもしれないところへ、正規を行かせたくなかった。どんな強大な敵を相手にしても、恐れたり怯《ひる》んだりしない正規だからこそ、無茶をしないかと心配なのだ。

正規は矢背一族の主柱で、彼に代われるものはいない。鴇守を次期当主にしたいと、正規たちは考えているが、右恭が補佐にまわってくれても、鴇守に務まりはしない。

目で牽制《けんせい》し合い、緊迫した空気をかもしだした三人を、鴇守は一歩引いたところから窺っていた。若輩の鴇守が口を挟める状況ではない。

そこへ、夜刀の能天気な声が割って入った。

「御影山って、そこの裏の山のことか？　俺、さっき見てきたぜ。鴇守を待ってる間、暇だったし、なんか変な臭《にお》いがしたからよ」

「えっ！」

鴇守はつい声を出してしまったが、正規、右恭、三春も目を見開いて夜刀を見ていた。

注目を浴びた夜刀は、得意げに顎を上向けた。

「俺は有能さにかけては比類ない鬼だからな。知恵がまわって、機転が利く。最高の、最上の、唯一無二の存在で」

「そんなのいいから！　どうだったか、早く教えて！　臭いってなに？」

自画自賛をつづける夜刀を、鴇守は大声で遮った。

「鴇守はせっかちだな。いいけどよ。すげぇ崩れたなと思って山裾《やますそ》に立ってたら、土に混じって、水が腐ったみたいないやな臭いがしたんだ。で、臭いのもとをたどって山んなかに入ってってたら、奥のほうででっかい石が真っ二つに割れてた」

「石？」

「そう。苔生《こけむ》して、古そうな石だ。ああいうとこにあるのは、墓石が定番だよな。もとはこんくらいあったんじゃねぇか」

夜刀が両手を広げて示したのは、二メートルはありそうな楕円形《だえん》の巨石だった。

「臭いはなんだったんだ？」

「その石の下から臭ってきてて、土を掻きわけて見てみたけど、なんにもなかった」

「本当に？　化け物、戻ってなかった？」

「気配はしなかったな。石にも力は残ってなくて、抜け殻みたいな感じだった」

鴇守が右恭の顔を見ると、右恭は頷いた。

「夜刀、俺たちをそこに連れていってくれ」

嬉々として説明していた夜刀は、途端にいやそうな顔をした。

「俺たちって、眼鏡野郎も一緒にか？　山裾は崩れてるし、修復師といえど、人間の足じゃあそこまで歩けねぇぞ」

「式神にサポートさせるので、問題ありません」

渋る夜刀に、右恭は澄まして言った。

「私も行こう。あかつき、私を運べ」

主の命令を、あかつきは跪《ひざまず》いて受けた。夜刀同様、腰巻一丁の裸に近い鬼なのに、騎士のような気品がある。

三春はなにも言わなかったが、彼の二体の式神に目配せをした。

かくして、四人の人間と二体の鬼と式神たちが問題の現場へと向かうことになった。


旧屋敷一体の土地は、御影山と隣接する複数の山を含めて矢背家のもので、一般の人々は立ち入ることができない。

矢背家の人間も山に入る用事はなく、御影山に山道があったかどうか定かでないらしい。あったとしても、折れて倒れこんだ樹々が土砂で流され、ところどころは地面が割れて深い亀裂を曝《さら》している状態では、消滅してしまったことだろう。

夜刀が石を見つけた場所は、山頂に近いところだった。人外のものたちの力を借りたので、ほんの数分でたどり着いた。

真っ二つに割れた石が、割れた面を上に向けて転がっている。落雷が直撃したのか、石が焦げているのが見て取れた。

石の下の土が不自然に掘れているのは、夜刀が掻きわけた跡かもしれない。

「……」

鴇守は手の甲で鼻を押さえた。

ハンカチで押さえたくなるくらいの腐敗臭を感じていたが、ほかの三人は不快そうな顔さえしていない。臭いくらいで騒ぐのはみっともないことなのだと思い、呼吸を最小限に抑えて我慢する。

右恭と三春は、さっそく石を調べ始めた。正規はあかつきを従えて、石の周囲を歩き、手がかりを探しているようだ。

鴇守も彼らの邪魔をしないように、周辺を見てまわった。だが、荒れ果てた光景が広がっているばかりで、注意を引くものはなにもない。

しばらくすると、石に名前がついていることがわかった。石に刻まれ、風雨に曝され薄くなった古い文字を、三春が読み取ったのだ。

「比翼塚《ひよくづか》と刻まれていますね。痕跡《こんせき》から見て、ただの墓石ではなく、悪《あ》しきものを封印するための枷《かせ》だったのではないかと推測できる。それが昨夜の落雷で割れ、封じられていたものが出てしまった。このあたりは昔から地震が頻発する地域です。この塚がいつの時代に建てられたのかわからないが、長い年月を経て、石が弱く脆《もろ》くなっていたのでしょう」

「比翼塚だと？　私は聞いたことがない――

正規は腕を組んで、考えこんだ。

「私もありません。修復師の家系には初代からの記録が残っていますが、御影山と比翼塚についての記載は見たことがない。封じられていたのが人間か鬼か、もっと違うものなのか、読み取ることはできませんが、旧屋敷の惨状を見るに、持てる力は膨大です。封じる際にも、きっと大きな騒ぎになったでしょうし、今回のような天災により封印が解ければ、さらなる被害を巻き起こすことも想像できたはず。それが伝わっていないのはおかしいですね」

「修復師が生まれる前のことなら、うちの記録には残っていないのでは」

右恭が言った。

鬼使いと異名を取った初代、秀守の子孫は七代目まですべてが鬼使いだった。陰陽師の資質を持った子どもが生まれたのは、秀守から数えて八代目になる。

鬼使いでなかった八代目の直頼《ただより》は、隠塚の姓を与えられて矢背家から切り離されたのち、修復師と名乗って矢背の鬼使いを支える道を選んだ。隠塚家の始まりは、直頼なのだ。

直頼以前の記録は、もちろんない。

「初代から七代目までの間か。書庫になにか文献があるかもしれん。かなり古いが、調べてみてくれ」

「了解しました。修復師を集め、手分けして作業にかかります。お前は鬼来式盤に代わる招喚具の制作を急げ」

「明日の朝には必ず間に合わせます」

三春の指示に、右恭は力強く応じた。

隠塚、隠谷《おんだに》、隠崎《おんざき》と、修復師の家系は三家あり、当主の代替わりの際に一番能力の高いものが、矢背家当主の対の修復師となる。現在、修復師たちの頂点に立っているのは三春だ。

三春を超える能力を持つ右恭は、正規引退後の次期当主の、対の修復師になる。

鴇守が次期当主になれば、正規と三春の姿は、未来の鴇守と右恭の姿に重なるだろう。

二人の姿はあまりに立派で完璧《かんぺき》に見えるため、鴇守は自分の力不足を恥じて落ちこむのだが、今はべつの心配がある。

二人は、鴇守が鬼に変えられようとしていることを、知っているのだろうか。右恭が報告をしていないとは考えられないが、二人ともなにも言わない。

「鴇守」

「はい」

正規に呼ばれ、鴇守は顔を上げた。

「お前は比翼塚から放たれたものがどこに潜んでいるか、探れ。きっとどこかに隠れている。封じられていたのなら、ここには戻ってくるまい。次に現れた先で、惨劇が繰り返されるかもしれない。なにがなんでも、それは防ぎたい」

「わかりました」

夜刀を使役して探らせ、見つけたら、夜刀に戦わせて仕留めろと言われているのだ。夜刀は最強の鬼で、その強さを疑ってはいないが、旧屋敷を縦断した化け物の力は未知数である。正体も摑めていない。

不安になって夜刀を見上げた鴇守に、夜刀は自信に満ちた顔でニカッと笑った。歯磨き粉のコマーシャルに出演できそうなほど白い牙を見せつけて。

鴇守もなんとか口元に笑みを刻んで頷いた。

ここにいても手がかりは摑めそうになく、一行は山を下った。

旧屋敷まで戻ったころには、日が落ちてすっかり暗くなっていた。明かりがついているところでは、大勢の人が働いている。怪我人は病院に収容されたのだろう。

血族の総数は多いけれど、ほとんどはただの人間だ。

陰陽師の能力も、鬼を使役する能力も持っていないから、戦えない。だから、鴇守たちが戦って彼らを守るのだ。

被害の少ないところに緊急対策本部が設けられたらしく、正規と三春はそちらへ歩いていった。あかつきと式神たちもつき従っている。

近くにいなければ、大事な人は守れない。

「鴇守さん、あなたの鬼が信用できない今、できるならそばに控えてあなたを守りたいが、私にはやらなければならないことがあります。申し訳ない」

頭を下げる右恭に、鴇守は慌てて両手を振ってやめさせた。

「大丈夫です！　そんなことしないでください。矢背家自体が大変なときですから、右恭さんにしかできないことをやってください。俺は俺で頑張ります」

「離れていても、私はあなたの様子を知っていたいのです。そのほうが私の仕事も捗《はかど》るでしょう。そこで式神を一体、あなたに預けたいのですが、かまいませんか」

右恭の足元の地面から、忽然《こつぜん》と黒猫が姿を現した。

ニャアン。

七キロはありそうな大きな猫が可愛《かわい》らしい声で鳴き、鴇守の足に毛を擦りつけながらまとわりついた。

鴇守は頬《ほお》を緩ませた。

この猫は、鬼の夜刀がつねにそばにいるせいで動物には懐かれたことのない鴇守の、貴重な癒《いや》しである。右恭の式神は、ほかに狼《おおかみ》と狐《きつね》、男性人形を確認しているが、猫が一番鴇守に懐いてくれる。

「あ、この猫野郎。鴇守にくっつくな」

夜刀が黒猫を追い払おうとした。

独占欲の強い夜刀は、たとえ猫であっても、鴇守にべたべたとくっつくものが許せない。式神はいわば、右恭の分身とも呼べるものだから、余計に気に入らないのだ。

黒猫も黒猫で、低く唸り、意地になったように鵙守から離れない。鵙守を守れという、右恭の指令があるからだろう。

「すみません。邪険に扱わないように、夜刀には言い聞かせます」

「あなたが撫《な》でてくれたら、機嫌が直りますよ」

「……！　は、はぁ」

鵙守はそっと目を逸らした。

分身である式神の感覚は、作り手で本体の右恭とつながっている。以前、それを知らずにこの猫の全身を撫でまわしてしまい、顔から火が出るほど恥ずかしい思いをしたことがあった。もふっとした腹毛を掻きまわし、肉球を揉《も》み、尻尾《しっぽ》を握り、感覚伝達システムのことを知れば、セクハラ以外のなにものでもなかった。

触れられているのがわかるくらいで、快感や痛みが明確に感じ取れるわけではないそうだが、節度が大事である。

「私に伝えたいことがあれば、これに言ってください。あなたに危機が迫ったときは、私が行くまであなたを守ります」

「はい。比翼塚の化け物についてなにかわかったら、すぐに知らせます」

「くれぐれも無茶はしないように」

式神の猫を残し、右恭は踵《きびす》を返した。

鴇守たちも仕事を始めるときだ。

猫を軽く蹴った夜刀は、仕返しを受けて、剝きだしのふくらはぎに噛みつかれていた。鬼退治もする式神の牙だ。根元まで深く食いこんで血が出ているが、鬼は痛みを感じないと鴇守は知っている。

「夜刀、猫とじゃれてないで、仕事だ。化け物の居場所を探して」

「じゃれてねぇ！」

夜刀が足を思いっきり振ると、噛みついていられなくなった猫はポーンと後ろへ飛ばされた。放物線の頂点でトンボを切り、危なげなく着地しているのを見て、さすがは猫だなと思う。

駆け戻ってきた猫は、夜刀が睨むのもかまわず、鴇守の両足の間に身体を潜《もぐ》りこませ、四足を揃えて座りこんだ。

とても可愛い。

「この猫は右恭さんだと思え。もとはといえば、お前のせいなんだぞ。お前が俺を裏切るから、信用してもらえないんだ」

前屈《かが》みになり、猫の頭を軽く撫でながら、鴇守は言った。

今朝ほどではないものの、夜刀と二人きりでいることに気まずさを感じていた。

喉に刺さった小骨がなにをどうやっても取れなくて、不快でたまらないときの気分に似ている。病院に行くほどではないが、痛みがあって無視できない。

「悪かったよ。もう勝手なことはしねぇ。俺だって、反省してるんだ」

「本当に？」

「おう。あの眼鏡野郎が事務所に張った結界、エグいんだよ。お前の声が全然聞こえねぇ。お前との距離は十メートルも離れてなかったのに、天国と地獄ぐらいの隔たりがあった。ああいうの、俺もいやだ」

しょんぼりとうなだれる夜刀は、酷《ひど》い仕置きを食らって心底懲《こ》りたように見えた。鴇守が怒るよりも、よほど効果がある。

鬼化を諦《あきら》めていなかった夜刀から、自発的に反省という言葉を引きだすとは。

修復師の偉大さがよくわかった。かつて、鬼使いたちが殺し合って奪い合ったというのも納得だ。

鬼使いは情によって鬼を従わせるが、修復師は圧倒的な力を以て鬼を従わせる。情だけではカバーしきれない部分を、修復師が補《おぎな》ってくれるのだ。

夜刀の介入がない空間は、鴇守にも束の間の安らぎをもたらした。

感謝の気持ちを込めて、鴇守はさらに強く猫を撫でた。

猫は青い目を細め、ごろごろと喉を鳴らしている。

「俺を人間に戻して、俺にお前への信頼を取り戻させてくれ」

「……うん」

夜刀は一拍遅れて頷いた。

いやだと思っているのだろう。本当は戻したくないのだ。

反省してみせたところで、夜刀の正直な気持ちは変わらない。鴇守を失いたくないという願いはなくならない。

二人の間に横たわる、永遠に埋まらない溝を見せつけられた思いだった。しかも、その溝は最初からそこにあって、今までは溝の上に板を渡して行き来している状態だった。

夜刀が壊した板は、夜刀に再建してもらうしかない。だが、溝があることを知ってしまった鴇守は、知る前と同じでいられるのだろうか。

わからない。考えてもわからない。

沈黙のなか、夜の風が吹き抜けた。

そこに漂う、生臭い臭いが鼻につく。比翼塚で嗅《か》いだのと同じ臭いだ。

「夜刀……！」

鴇守ははっとなって身体を起こし、夜刀を見上げた。

化け物が近くにいるのかもしれない。

夜刀も全身に殺気を漲《みなぎ》らせて、気配を探っている。

ドン、と遠くでなにかが爆発したような音がした。旧屋敷で作業をしていた人々が、なにごとかと外に出てきた。

「襲撃なのか？　夜刀、行こう！」

「お前はここに残れ」

「いやだ。俺はお前の主なんだから、一緒に行く。俺も敵の姿を見たい」

鴇守が決然と言うと、夜刀は頷いた。

「ちょっと離れたところで降ろすから、隠れてろよ。俺がそばにいない間は、そのクソ猫を離すんじゃねぇぞ」

猫を胸元に抱えこんだ鴇守を、夜刀がひょいっと抱き上げた。

夜刀の身体が一瞬沈み、次には風を切っていた。夜刀は障害物を身軽に飛び越え、ときには吹き飛ばしながら走った。

尋常ではない速さで、景色が目まぐるしく変わる。街中に入ると、道路ではなく屋根の上を跳んで移動した。そのほうが人目につかないし、早い。

腐敗臭が濃くなってきて、人々の悲鳴が届くようになった。走って逃げだす人々が道路を埋め、車は渋滞し始めている。

夜刀のスピードが落ち、鴇守は細めていた目を開いた。夜刀は飲食店のビルの屋上に立っていた。

人々が逃げてくる方角を見下ろせば、朧《おぼろ》のような白いものが、人間を捕らえて食べているのが見えた。

「化け物だーっ！　白い幽霊みたいなのが、人間を襲って食ってる！　逃げろ、逃げろ！」

注意を促す男の絶叫が聞こえた。

鬼は人間の目には見えないものだが、化け物は見えているらしい。人間を食うのは、鬼だけではないということか。

鴇守は黒猫を抱えて、屋上のコンクリートの上に立った。

「夜刀、あれがなにかわかるか？」

「……わからねぇ。鬼のようでもあり、怨霊のようでもある」

正体を摑めればいいと思ったが、そう簡単にはわからない。正体がなんであれ、これ以上の犠牲を出してはならない。

「夜刀、行け！」

「承知」

鴇守の命令で、夜刀が飛びだした。

屋根を足場に飛び移る間に、愛用の大刀《だいとう》を取りだし、振りかぶっている。

「おらー！　引っこみやがれ！」

白い朧の前に飛びでた夜刀は、大刀を一閃《いっせん》した。

朧は両断され、そのまま消えていく。地面にできた血だまりのなかに、食べかけの人体の欠片《かけら》がぼとりと落ちた。

「仕留めたか……？」

ニャウン。

鴇守の言葉に、黒猫が低く鳴いて答えた。

逃げられた、と言っているようだった。

夜刀も大刀をかまえたまま、油断なく周囲を探っている。

今後も、同じ惨劇がどこかで繰り返される可能性があるということだ。早く見つけて、対処しなければ、人間が食われてしまう。

鴇守は猫を強く抱き、奥歯を噛み締めた。

6

化け物がどこへ逃げたのか、夜刀《やと》に探らせたものの、行方《ゆくえ》を摑《つか》むことはできなかった。

惨劇の現場には救急車や警察の車両が次々に入ってきて、人命救助と混雑している周辺地域の規制を始めている。

きっと公的機関に介入する権限を持つ矢背《やせ》家の人間も駆けつけ、対応していることだろう。報道機関が大挙して押しかけてくるのは時間の問題で、突如として現れた正体不明の生物——生きているかどうかさえ謎だが——が見境なく人間を襲って食べた、などという報道が出るのはまずい。

「ここにいてもしょうがねぇ。まだ混乱してるうちに、旧屋敷に戻ろう」

「そうだな」

鴇守《ときもり》が頷《うなず》くと、夜刀は鴇守の腕から黒猫を掠《かす》め取り、ぽいっと放り投げてから、鴇守を抱き上げた。

「こら、夜刀！」

「式神なんだから、大事に抱えてなくたって、ちゃんとついてくるって」

言い終える前に、夜刀の足は前に踏みだしていた。

鴇守を抱えて、夜刀は風のように速く走る。こうなっては文句も言えない。

右恭《うきょう》の式神の有能さは、鴇守も知っている。戦いになれば、鴇守よりもよほど勇ましく戦う。猫だから、足だって鴇守の何十倍も速いに違いない。

果たして、旧屋敷に帰り着き、地面に降り立った鴇守の足元に、黒い毛玉が現れた。艶《つや》やかな毛並みが乱れているのは、全力疾走したせいだろうか。

口元を少し開き、夜目にも鮮やかなブルーの瞳が鴇守を見上げている。

「鴇守さん」

「……！」

毛並みを撫《な》でて整えてやろうと手を伸ばしかけていた鴇守は、ビクッとなって身体《からだ》を強張《こわば》らせた。猫がしゃべったのかと思ったのだ。

しかし、そんなわけはなく、声の正体は右恭その人だった。

鴇守たちが帰ってきたのを知り、来てくれたのだろう。報告に行こうと考えていたから、ちょうどよかった。

「申し訳ありません。逃がしてしまいました」

歩み寄ってきた右恭と向き合い、鴇守は頭を下げた。

「残念ですが、致し方ありません。式神の目を通して、私も見ていました。曖昧《あいまい》すぎて、正体が摑めない。なにか、気づいたことはありますか？」

「とくには、なにも……。そうだ、夜刀。あれを斬《き》ったとき、手応えはあったか？　逃がしたけど、少しくらいダメージを与えられたとか」

　夜刀は肩を竦《すく》めた。

「煙を斬ったようなもんだ。手応えもねぇし、ダメージもねぇだろうな。逃げ足も速い。だが、今度見つけたら、絶対に仕留めてやる」

「頼むよ、夜刀。早くなんとかしないと、犠牲者が増える」

「おう。任しとけ」

　鴇守に頼られ、機嫌をよくした威勢のいい夜刀とは裏腹に、右恭は浮かない顔をしている。

　夜刀の戦闘能力の高さと強さは、右恭も認めるところだ。その夜刀が、敵の眼前に躍り出て放った一撃は空振りしたも同然で、まんまと逃亡を許し、追跡もできなかった。

　次回も、同じことが起こらないとはかぎらない。なにか対策を練らなければならないが、情報が少なすぎる。

「あれの正体を突き止めないことには、なにもできません。招喚具を完成させたら、私も文献を当たってみます。鴇守さんは次の襲来に備えつつ、休んでください」

「そんなに疲れてないです。俺にもできることがあれば手伝います。文献探しとか」

「次に備える以外のことは、今のところありません。調べる文献は古文書ですし、矢背家のみに伝わる特殊な文字で書かれているので、鴇守さんには読めないでしょう」

「そうですか……」

さすがは千年以上の歴史を持つ矢背家である。盗まれ、情報が洩《も》れることを恐れたのか、独自の文字まで作っていたとは。

役に立たない自分にがっくりきている鴇守の肩に、右恭がそっと手を置いた。

「焦る気持ちはわかりますが、有事に備えていることも大事です。敵の所在を探りつづけ、いざというとき、一秒でも早く動ける状態を保つこと。どんな状況にも対応できる準備を整えておく。これも立派な仕事です」

「……はい」

穏やかに諭されて、鴇守は素直に頷いた。

「気安く鴇守に触んな、っと！」

夜刀のチョップが右恭の手首を狙《ねら》ったが、右恭は素早く回避し、その手で眼鏡《めがね》を押し上げながら、夜刀に冷たい視線を向けた。

夜刀は鼻の上に皺《しわ》を寄せ、牙《きば》を剝《む》いてそれに応じた。

この二人が仲よくなる可能性は、未来永劫《えいごう》ないだろう。

「鴇守さん。このような事態ですから、節度を保ち、鬼の手綱を引き締めるのを忘れないようにしてください。油断は禁物です。よからぬことをされそうになったら、必ず私を呼びなさい。いいですね」

「よからぬことってなんだそりゃ！」

「夜刀！　だ、大丈夫です。わかってます、ええ、わかってますから」

夜刀との性的接触を禁止されているのだと正しく理解し、鴇守はしどろもどろに頷いた。鴇守自身、そんなことをする気はなかったが、右恭に念を押されると動揺してしまった。

鴇守の肉体は、鬼に変容を遂げようとする途中で止まっている。人間に戻す作業も、中断するということだ。

自分の身体が自分のものではないようで、なんとも落ち着かない気分だが、夜刀とセックスをしなければ、これ以上の悪化もないのだと思うしかない。

いつどこに現れるかわからない化け物を、退治するのが先決だ。

「あちらに、来客用のコテージが数棟あります。被害がなかったので、鬼使いたちの宿泊施設として開放することにしました。鴇守さんは『水月』という札がかかっている棟に入ってください」

「えっ、ほかの鬼使いに会うかもしれないということですか？　夜刀はどうしたらいいでしょう。小さくなってもらったほうがいいですよね……？」

鴇守はそわそわして言った。

鬼使いたちが集まる夏至会《げしかい》に、鴇守は夜刀を連れて参加していた。仕事中以外は六道《ろくどう》の辻《つじ》に戻すというのが鬼使いたちの慣例だから、使役鬼連れの鬼使いは鴇守だけだった。

夏至会では自己紹介などしないので、鴇守はほとんどの鬼使いたちの名前も知らず、同じ所属の関東《かんとう》支部の鬼使いの顔だけが、かろうじてわかる程度だ。どんな鬼を使役しているのかも知らない。

一方、一族に十年ぶりに誕生した最年少の鬼使いである鴇守は、期待外れのみそっかすなうえ、使役鬼と片時も離れないので、悪目立ちしていた。

鴇守の使役鬼は、非力な小鬼。

ほとんどの鬼使いがそう認識しているのに、いきなり二メートル弱の大鬼が出てきたらびっくりするだろう。

「詳細を説明する必要はありません。使役鬼の能力が変動するのは、珍しいことではない。あなたの鬼も、はじめは十センチだったのに、去年までで四十センチにまで伸びた。ここ一年は成長目覚ましく、二メートル弱まで伸びたということでいいでしょう」

「の、伸びすぎですよ、いくらなんでも」

右恭が冗談を言っているのかと思い、鴇守は震える声で突っこんだ。

しかし、真面目《まじめ》くさった右恭の表情は変わらない。

「なにか言われたら、それで押しとおせばいいのです。鬼使いたちはみな、自分の使役鬼を連れている。六道の辻には戻せませんからね。自分の鬼がいるのに、ほかの鬼について根掘り葉掘り訊《き》ける鬼使いはいません。いつもどおり、見て見ぬふりをするでしょう」

使役鬼は例外なく、嫉妬《しっと》深い。

主《あるじ》が自分以外の鬼に少しでも興味を示すことを許さない。嫉妬のあまり、愛する主を独占しようと食い殺してしまう。

人を食うのは消すことのできない鬼の本能だから、鬼使いのほうが注意して、自らの使役鬼に食い殺される危険を減らしていかねばならない。見て見ぬふりとは、鬼の嫉妬を避けるために、一番シンプルで有効な一手だった。

「そうですね。俺たちにわざわざ寄ってくる鬼使いはいませんよね」

鴇守は曖昧に笑った。

夜刀も嫉妬深さにかけては並ぶものがないくらいだが、なにがあっても人間を食べることはしないと、鴇守に約束してくれている。

だから、鴇守はほかの鬼使いよりも、使役鬼に対する警戒心が薄いと思う。愛されすぎて、食い殺される、という危機感を感じたことは一度もないのだ。

その代わり、愛されすぎて、鬼に変えられるという危機に瀕《ひん》しているのだが。

「もっとも、いつまでも見て見ぬふりはお互いに気まずいですし、あらぬ憶測が飛び交うのは不和のもとですから、折を見て正規《まさのり》さまから通達があるかもしれません」

「……」

鴇守は目を瞬かせ、唾液を飲みこんだ。

後継者がいなかった矢背一族に、次期当主候補が躍り出たという通達だ。

夜刀に小鬼になってもらい、その場凌《しの》ぎをしても、比翼塚《ひよくづか》の化け物が現れたら、先頭きって戦うのは夜刀である。どうやっても、誤魔化《ごまか》しきれない。

どのみち、二ヶ月後の夏至会で公表されることだった。もう隠れてはいられない。矢背一族において強い鬼を使役することには、義務と責任が伴う。

自分を奮い立たせようとしても、足が震えてくるようだった。

「強い使役鬼は歓迎され、その鬼使いは尊敬を得られる。去年までのことを思えば、あなたはよくやってます。あなたの成長ぶりには、誰もが目を見張るでしょう。強い敵と戦うには、自信を持つのが大切です」

「自信なんて……」

「そう気負わなくてもいいのですよ。あなたには私がいます」

右恭は鴇守の足元に座っていた黒猫を片手で無造作に摘《つま》み上げ、鴇守に押しつけた。

反射的に受け取って胸に抱くと、猫は黒い前脚を伸ばしてしがみついてくる。濡れた鼻先が鴇守の顎《あご》を押し上げてきて、思わず笑ってしまう。

猫の柔らかい身体が、鴇守の強張りまで解《ほぐ》してくれたようだ。

なぁん。

なんとも満足したような甘えた声で、黒猫が鳴いた。

「先ほどの件は、私から正規さまに報告しておきますので、鴇守さんは休んでください」

右恭はそう言って、足早に去っていった。

「ほかの鬼使いに会うんだったら、俺、小さくなったほうがいいよな。大きくて格好よくて素敵な俺をほかの鬼使いが見たら、鴇守が焼きもち焼くもんな」

夜刀が自主的に角の根元を握り、小型化に集中し始めるのを、鴇守は止めた。

「いいよ、夜刀。そのままで」

「大きさが変わっても、強さは変わらない。鴇守を困らせるやつがいたら、俺が追っ払ってやるし、あの白い化け物が急に出てきても戦える」

「小さくなってって頼むときが、これからもあるだろうけど、今はいい。小型化するの、力を使うんだろう？　お前にはあの化け物と戦って勝ってもらわないといけないんだ。力は少しでも温存しておこう」

「鴇守がそう言うなら」

納得したようなしていないような顔で、夜刀は角から手を離した。

「ここにいても、できることはない。右恭さんの言ってたコテージに行ってみよう」

「おう。こっちだ」

夜刀は鴇守の手を強引に摑み、歩きだした。

「ちょっと、夜刀！」

七キロ超えの猫を、歩きながら片手で支えるのは重い。抱き慣れていないのもあり、猫の身体はスライムのようにずるずると下に伸びている。

猫も頑張って鴇守の腕に食らいついていたが、悪路に足を取られて鴇守がバランスを崩した拍子に、ついに滑り落ちた。

ふぎゃ。

猫は抗議の声をあげ、それを横目で見ていた夜刀が、ざまあみろと言わんばかりに笑った。

鴇守は黙って、空を仰いだ。

懐いてくる猫は可愛《かわい》らしい。手触りも好きだから、撫でまわしたい。懐に抱いて、温《ぬく》もりを感じたい。

だが、夜刀が嫉妬するから、鴇守は夜刀以外のものを可愛がらないようにしている。それが夜刀に示せる、鴇守の愛情であり、思いやりであった。

深く愛し合い、寄り添い合い、理解し合っていたと信じていたのに、いつの間に綻《ほころ》びが生じたのだろう。

猫を失い、空いた手で、鴇守はそっと額のあたりを撫でた。つるりとしていて、引っかかるものはない。

――全部、夢だったらいいのに……。

鴇守はらちもないことを考え、自嘲《じちょう》した。

夢であるはずがなかった。昨夜は一睡もせず、初めて乗ったヘリコプターで京都《きょうと》へ駆けつけ、座る間もなく一日中走りまわっていたのに、鴇守は疲れていないのだ。

コテージは旧屋敷から歩いて五分くらいの林のなかに点在していた。どのような宿泊客に考慮したものか、それぞれの棟の玄関や窓は向き合わない位置に建てられ、プライバシーが保たれている。

「あれだ。『水月』って棟は」

鴇守に割り当てられた棟は、いちいち玄関まで行って札を確認しなくても、夜刀が見つけてくれた。

平に均《なら》された土の上を歩いていると、横道から誰かがこちらに近づいてくる足音がした。同時に、血の臭《にお》いも漂ってくる。

警戒した鴇守の耳元で、夜刀が囁《ささや》いた。

「九州《きゅうしゅう》のやつだ」

「高景《たかかげ》さん？」

夜刀が九州のやつ、と呼ぶ人物は、矢背高景しかいない。九州支部に所属している、鴇守と一番仲のいい鬼使いだ。

去年までは年に一度の夏至会で会って言葉を交わすくらいだったが、数ヶ月前に同調のやりかたを教えてもらうために電話で話したのをきっかけに、交流がつづいている。

いつまで経《た》っても同調の成功率が上がらない鴇守を気にかけて、高景がちょくちょく電話やメールでアドバイスをくれるのである。

九州地区を中心に仕事をしている高景も、緊急の呼び出しを受けて京都に駆けつけたのかもしれない。

「鴇守か？　お前も来たんだな」

鴇守の声を聞きつけたのか、高景が小走りにやってきて、鴇守を見て笑い、その後ろにいる夜刀を見て固まった。

高景は夜刀の本当の姿を知らない。鴇守も話さなかった。驚くだろうと思ったが、目も口も大きく開いて、呆然《ぼうぜん》と見ている。

鴇守でさえ、この夜刀を初めて見たときは驚いたのだ。

しかし、さすがは高景、鴇守が声をかける前に、我に返った。

「おいおい、鴇守。なんだ、それ？」

夜刀から目を逸《そ》らし、豆鉄砲を食らった鳩が衝撃から立ちなおれていないような珍妙な顔で、鴇守に訊《たず》ねる。

「夜刀です。俺の使役鬼の」

「で、でかくないか？　去年はたしか、こんなんだったじゃないか」

高景は両手を広げ、四十センチくらいの大きさを示してみせた。

「それが、急に大きくなりまして」

「大きくなったってお前、成長しすぎにもほどがあるだろ。俺のティアラちゃんのBカップのおっぱいがGカップになったときだって、もうちょっと段階を踏んでたぞ」

呆《あき》れたような口調で高景が言った。

ティアラちゃんとは高景の使役鬼で、主以外には本名を教えたくないらしく、アイドルネームで呼ばれている。巨乳好きの主のために、もともとBカップのバストをGカップまでサイズアップさせた健気《けなげ》な鬼だそうだ。

そんな情報は鴇守も求めていないのだが、高景が嬉々《きき》として話すので、知っていた。

高景も使役鬼を連れ歩かない鬼使いだから、鴇守はティアラちゃんその人を一度も見たことがない。

「高景さんはどうだったんですか？　鬼来式盤《きらいしきばん》が壊されて、鬼を呼びだせない鬼使いが何人かいるって聞きましたけど」

「俺は招喚してたから、セーフだった。関西支部と協力しながらやってる仕事があって、今日はたまたま京都にいたんだよ、俺。だから、一番乗りでここに来たんだぜ」

「えっ！　あの白い化け物とやり合ったんですか？」

「ああ。なんかよくわかんないけど、大変な目に遭った。立ち話ですむような話題じゃないな。俺のコテージに来いよ」

来た道を戻り始めた高景に、鴇守はついていった。その後ろを、夜刀が無言でついてくる。夜刀は鴇守に対しては非常におしゃべりだが、自ら進んでほかの鬼使いと話をすることはない。自分が話したくないだけかもしれないし、そんなことをしたら、鴇守が嫉妬して腹を立てると知っているからかもしれない。

黒猫の姿は見えなかった。きっと、高景には存在を知られたくないのだろうと思い、あえて探すのをやめた。

「ティアラちゃんは、どこにいるんですか？」

「ここにはいない。療養中なんだ。ここを襲った化け物と戦わせたんだが、まったく歯が立たなくて、大怪我《けが》しちまってな。失った力を取り戻させてやらないと。本家が用意してくれたから、ほかにもダメージを受けた鬼たちと一緒に」

「……」

鴇守は咄嗟《とっさ》に相槌《あいづち》を打つことができなかった。

戦闘によって失った力を取り戻させてくれる栄養源、それは人間の血肉だ。仕事の報酬として、また怪我の療養のために、鬼使いが使役鬼に与えるもの。

選ばれるのは、鬼の餌食《えじき》にするのが妥当な、生きていても害にしかならない人間である。もちろん、本家による入念な調査を経ており、万にひとつも間違いはないため、鬼使いたちが罪悪感に苛《さいな》まれる必要はないと言われている。

鴇守は利用したことがなく、鴇守以外の鬼使いのすべてが利用しているシステムだ。

高景のコテージには、「朧《おぼろ》」と記された札がかかっていた。

「悪いけど、鬼は外に出しておいてくれ。ほかの鬼を部屋に入れたら、ティアラちゃんが怒るから」

「わかりました」

目だけで夜刀に指示すると、夜刀は従順なしもべよろしく頷いた。

どのような客層に対応するためのものか知らないが、コテージは広々していた。フローリングの床に絨毯《じゅうたん》が敷いてあるリビングと、隣に簡易キッチンがあり、寝室はリビングの奥にあるようだ。

鴇守のコテージも同じような作りだろう。

勧められて、鴇守は椅子《いす》に座った。高景はキッチンでごそごそしていると思ったら、コーヒーを淹《い》れてくれていた。

テーブルの上に二つ紙コップを置いて、高景が向かいに腰かけた。

「インスタントだけど、贅沢《ぜいたく》は言えないよな」

「充分です。いただきます」

熱く苦い液体が喉《のど》を通り、胃に落ちていく。緊張の連続だったせいか、やけに身に沁《し》みて美味《おい》しかった。

コーヒーの香りを嗅《か》いでいるうちに、高景と出会う直前に血の臭いを感じたことを思い出し、鴇守は顔を上げた。

「もしかして、高景さんも怪我をしたんですか？」

「ちょっとだけな。化け物が暴れて、俺たちがいたところの建物が倒壊してな、咄嗟にティアラちゃんが戻ってきて庇《かば》ってくれたから、俺は掠り傷ですんだんだ」

高景は沈痛な面持ちで言った。

「……少しだけ話を聞きました。巻きこまれて、助からなかった鬼使いの人がいたと」

「関西支部の義知《よしとも》さんと、九州支部の清隆《きよたか》さんだ。使役鬼が先にやられちまってて、どうにもならなかった。いい人たちだったんだけどな」

鴇守は静かに目を見開いた。

鳥肌が立っていた。数でしか認識していなかった人に名前がつくと、一気に現実感が増してくる。

沈黙が落ち、なにか言わねばならないと焦っているのに、喉が固まってしまって言葉が出てこない。亡くなった二人は残念だったが、高景とティアラちゃんが生きていてよかった、と言ってもいいのだろうか。

「ただでさえ少ない鬼使いが、また減っちまった。ますます若い俺たちが頑張らないといけなくなった。俺とお前以外の鬼使いは、おっさんとじいさんばっかりだからな」

鴇守がなにも言えないうちに、高景が茶化すように言った。沈んだ空気を軽くしようと気を使ってくれたのだろう。

鴇守もおずおずと答えた。

「そうですね。あの化け物の正体はわからないけど、次に出てきたら、夜刀に頑張ってもらいます」

「相当強くなってるな、お前の鬼。さっき見たときは腰が抜けるかと思ったぜ。本当のところ、どうなってんだ？　俺には言えない話か？」

「そういうわけではないんですが、話すと長いんですけど……」

「話せるんなら、教えろよ。気になってしょうがないだろ」

高景に促されて、鴇守は去年の夏至会のあとから起こった出来事を、ダイジェスト版で語った。わざと要約したのではなく、現当主を殺し、矢背家を乗っ取ろうと企てた天才鬼使い、矢背紅要《こうよう》のことや、修復師の存在については、他言厳禁となっているので、そこを摘んでショートカットしていくと、短くなってしまったのだ。

つまり、もとは大鬼だった夜刀が、鬼嫌いの鴇守に好かれるために小鬼に擬態して近づき、使役契約を結んで使役鬼になったが、偶然知り合った退魔師《たいまし》と揉《も》めて本来の姿に戻り、力を誇示したところ、それが当主にばれ、鴇守にもばれた。

「パニックに陥るってあのことでした。夜刀の目を見ることもできなかったんです、怖くて」

「お前、大きい鬼が怖いって言ってたもんな。今じゃ、なんとか折り合いをつけられるようになったんだな」

「ええ。大きくても小さくても夜刀は夜刀だって、わかったので」

「同調の訓練を始めたのも、相方が大きくなったからか」

「そうです。黙っていて、すみませんでした」

鴇守は頭を下げた。

同調の訓練がうまくいかないことを、高景は親身になって心配してくれた。夜刀が小鬼で力が弱いからうまくできないんだ、お前のせいじゃない、もっと力の強い鬼とならうまくいくって、などと慰めてさえくれたのに。

うまくいかないのは明らかに鴇守に才能がないせいだった、と悟った高景は、そわそわして目を泳がせ、早口で言った。

「いやいや、気にすんな！　ど、同調は慣れだ。ふわっとなったらカッといくって鉄板の法則があるんだし、きっと、そのうち自然とできるようになるって、たぶん」

「そう信じて頑張ります」

「ああ、頑張れ。鬼がああなったからにはお前、次期当主になるのか？」

「……」

突然、核心に切りこんでこられて、鴇守は絶句した。

矢背一族には鴇守が迷い、悩むだけの時間はない。覚悟を決めなければならないと思い、夜刀と一緒ならできるような気がしていた。

今は、わからなくなっている。自分に自信がなくて尻込《しりご》みしていたときよりも、不安だった。盤石《ばんじゃく》を疑ったことのない夜刀との信頼関係が崩れたからだ。

「当主になるには、いろいろ学ばないと駄目だ。同調の訓練も、その一環なんだろ？」

「次期当主になるのが目的で始めたわけじゃないんです。俺には当主なんて務まらないとわかっているし。でも、俺の鬼は一番強くて、いろんなことができる。上手に使役すれば、一族の役に立てる。最強の鬼を使役する鬼使いとして、自分にできることを精一杯やろうって」

「お前がそういう気持ちでも、矢背の鬼使いにはしきたりがある。最強の使役鬼を持つ鬼使いが当主として頂点に立ち、一族を導くんだ。折しも、化け物が現れて、鬼使いたちが京都に入ってきてる。お前の鬼を見たら、誰もがお前を次期当主だと認識するぜ」

「そうでしょうね……」

「なんだよ、煮えきらないな。次期当主になるための勉強、本家で始めてるんだろう？　正規さまが放っておくわけないもんな。そんな、自信なさそうな顔すんなって。お前は案外、いい当主になるんじゃないかと俺は思うんだが」

「なれませんよ！」

鴇守は反射的に言い返していた。軽口であっても、聞き流せない。

「夜刀が強いだけで、俺はみそっかすのままです。たしかに、いろいろ学ばせてもらってるけど、俺の手には余ることばかりです。鬼使いに生まれた義務があるんだから、頑張らないといけない、臆病なままじゃ駄目なんだって言い聞かせて、覚悟してたつもりだった。だけど、やっぱり覚悟なんてできてなかった……！」

話しているうちに、自分の覚悟がどれほど薄っぺらいものだったか、現実を見ないようにしてなされたものだったかを、鴇守は痛感していた。

夜刀への信頼が目減りしたから、気弱になったわけではない。それとこれは、別物だった。ティアラちゃんたち使役鬼が、今まさに食べている人間たち。それを用意するのは、本家の仕事だ。手筈《てはず》を整える担当者がべつにいるとしても、使役鬼が満足するだけの人数を用意しろと命じたのは正規だろう。

鴇守に同じことができるのか。いや、できない。なら、右恭に代わりにやってもらうのか。右恭は進んで引き受けてくれるだろう。だが、それでいいのか。

「覚悟って、どんな覚悟だ？」

高景は鴇守の激情を受け流すかのように、のんびりと訊いた。

高景に言ってもいいものか、鴇守はほんの数秒迷ったが、言わずにはいられなかった。口に出して、楽になりたかった。

たとえ、高景に非難されても。

「人を、殺したくないんです。それが鬼使いの仕事で、どんなに正しいことであっても。使役鬼が人間を食べることも、受け入れられません」

鴇守は掠れた声で囁いた。

高景がやってきた仕事や、使役鬼の存在を否定する意見だ。不快にさせるだろうし、甘ったれたことを言うなと、怒られるだろう。

叱責《しっせき》を待つ鴇守に、高景はあっさりと言った。

「やっぱりそれか。気持ちはわかる。初めてティアラちゃんに人殺しを命じたときは、俺も悩んだ。何日も眠れなかったよ」

「え……」

「ティアラちゃんに報酬を与えるのも、本当の話、気持ちが悪かった。可愛いティアラちゃんが人間を食ってるところを想像しては、吐きそうになってたんだぜ」

「それを、どうやって乗り越えたんですか？」

「乗り越えてはいないな。割りきったんだ。俺は鬼使い以外のものにはなれない。鬼使いの自分に誇りを持ってる。ティアラちゃんが滋養をつけて強くなれば、できる仕事の幅も広がった。世のため人のために、より多く貢献できるってことだ。鬼が人間を食べるという当たり前のことに女々《めめ》しくショックを受けてないで、受け入れて前へ進むべきだと、自分に言い聞かせた。最初は空元気《から》でも、言い聞かせてるうちに、本当になっていくんだ」

高景の言葉は、鴇守の心に突き刺さった。

面倒見がよくて、ティアラちゃんの自慢話を繰り返し、鴇守の駄目っぷりを見ても呆れず、慰めてくれる優しい高景にも、葛藤《かっとう》はあったのだ。

「俺も、割りきれるようになるんでしょうか」

「お前の鬼が大きくなってから、一年も経ってないんだろ？　悩んで当然だ。そんなに早く割りきられたら、俺の立つ瀬がないぜ。なんの葛藤もなく、使役鬼に人を殺させて、報酬に人間を食べさせてニコニコしていられたら、それはそれで恐ろしい。有能な鬼使いかもしれないが、人間性に問題がある。そういうやつは、上に立っちゃいけない」

「ええ。そうですね」

一族から抹殺された矢背紅要は、まさに人間性を問題視された鬼使いだった。

「だから、悩んでるお前は、上に立つ資格があるんじゃないかと俺は思うんだよ。お前は穏やかで、気が弱そうに見えるけど、芯《しん》は強い。粘り強いし、思慮深いところがある」

「臆病なだけです」

「臆病なのは悪いことか？　臆病だから、警戒するし、その場凌ぎで無茶をしないし、先のことを考えられるんだろう」

褒《ほ》められているのだろうか。

臆病なのを欠点だと言われなかったのは、初めてだった。

右恭も鴇守の臆病を問題視していないが、それは右恭がカバーするから心配する必要がない、という意味で、鴇守の臆病をいいものだとは思っていない。

冷えきっていた胸が、じわじわと温かくなってきた気がする。現金なものだった。

そしてやはり、呆れるほどに自分は弱い、と鴇守は思った。こうして誰かに慰められ、励まされなければ、弱気の虫が騒いで足を止めてしまう。

「あ、ありがとうございます」

鴇守が礼を言うと、高景は微笑《ほほえ》んだ。

「気がすむまで、悩んだらいいさ。折り合いがつけられるところを、自分で見つけろ。次期当主候補に挙がっても、当主交替の次期は慎重に慎重を重ねて決定されるはずだ。矢背だけの問題じゃないし、政界財界への手まわしもあるだろうからな。お前の心が決まるまでの間、正規さまに現役でいてもらって、経験を積みながら考えればいい」

そういう考え方もあるのか、と鴇守は目から鱗《うろこ》が落ちたような思いだった。

次期当主候補として名が挙がってしまえば、がんじがらめにされて、悩み迷い考える隙《すき》など与えてもらえない気がしていた。折り合いのつかない鴇守の脆弱《ぜいじゃく》な心を殺しつづけながら、耐えるしかないのだと。

「それなら、二、三十年は欲しいところです」

ほんの少し気が軽くなって、鴇守は本気とも冗談ともつかない口調で言った。

「二、三十年？　二十年後なら俺は五十、お前は四十歳を超えてるんだな。うへぇ、五十歳の俺なんか、想像できない」

　高景は甘く整った顔をしかめ、天井を仰いだ。

「きっと、格好いいですよ。高景さん、ハンサムだし。渋みが増してるんじゃないですか。ティアラちゃんがますます惚《ほ》れなおすかも」

「お前も言うじゃないか」

　ニヤッと笑って、まんざらでもなさそうである。

　四十歳の自分を想像してみようとして、鴇守は現実を思い出した。人間に戻させる約束はしたけれど、夜刀が約束を破ったら、年齢を重ねることはできなくなるのだ。

　皺や白髪が増えない代わりに、角が生える。

　鴇守はまた無意識に、額に手をやっていた。

「二十年後かぁ。鬼使いの人数はどのくらい減ってんのかな。正規さまが七十五歳。使役鬼は変わらないんだから、本人次第でもうちょっといけるか。今、八十代、七十代のじいさん連中はさすがに、駄目だろうな。長生きしてても、仕事はできない」

「新しい鬼使いが増えてる可能性は」

「増えたって、せいぜい一人か二人だろ。もう二十年も生まれてないのに、この先の二十年でぽこぽこ生まれるとは考えられないな」

「そうですね」

鴇守も認めた。

鬼使いは現在六十五人、いや、今回二人減って六十三人になった。年代別の割合は、七十代六十代が多数を占めていて、年齢層が下がるにつれて少なくなる。二十年後も現役で仕事ができる鬼使いは、おそらく半数ほどだろう。

鬼使いが減れば、鬼使いの働きを土台にして賄《まかな》っていたすべての物事が崩れ、矢背家は破綻《はたん》するのではないか。鬼使いが生まれる可能性に縋《すが》りつきたいあまり、普通に生まれた人間を切り離すことができず、すべてを抱えこんで一族は膨れ上がりすぎたのだ。

「お前が当主になったら嬉《うれ》しいけど、そのとき、俺たち鬼使いはどうなってるんだろう。鬼使いが少なくなったら、仕事の内容や形態も変わっていくかもしれない。今までと同じことはできなくなるだろう、物理的に。変革せざるを得ないが、ビジョンが見えない。上層部はそこらへん、考えてるのかね」

「どうでしょうか」

「なにか聞いてないのか？　次期当主候補は」

「なにも。なにか考えてるにしても、そんな大事なこと、俺に言うわけないですよ。ご当主さまと毎日顔を合わせてるわけじゃないですし」

「そうか。お前はまだ下っ端か」

「下っ端も下っ端もいいとこです」

「出世したら、俺に便宜《べんぎ》を図《はか》れよ。内密にな」

「もちろんです。三十年後くらいにご期待ください」

鴇守と高景は顔を見合わせて笑った。

三十年後のことなんて、二人ともわからない。明るい未来はないだろうと悟りつつ、それでも今は笑っていたかった。

「とりあえず、今はあの化け物退治に集中しないとな。さっき、街中で出たって聞いたが、お前たちが行ったのか？」

「ええ。夜刀が斬ったんですけど、煙みたいに消えてしまって、どこに逃げたかはわかりません。正体もよくわからなくて。御影山に封じられたってことは、怨霊《おんりょう》でしょうか」

「俺たちが駆けつけるまでに、あれはここで暴れながら人を食ってたそうだ。怨霊ってのは、祟《たた》ったり災いをもたらしたりするもんで、人を食べる怨霊はあんまり聞いたことがない。いないわけじゃないんだろうが」

「人を食べるのは鬼ですからね。鬼は人間の目に見えないけど、あれは見えてました。力があれば可視化できるそうだから、鬼かもしれませんね」

「なにかで恨みを抱いて死んだ人間が怨霊になって、鬼に変わったのかもな」

二人はあれこれと想像してみたが、考察するにしても材料が少なすぎた。

鴇守がふと時計を見ると、零時になろうとしていた。

思っていた以上に長く話しこんでしまったようだ。鴇守は疲れていないけれど、高景の表情には疲労が表れている。

「そろそろ、自分の寝床に行きます。怪我をして疲れているのに、遅くまですみません。今日はありがとうございました。少し、気が楽になったように思います」

「いや。お前と話せてよかった。俺も助かったよ。一人だといろいろ考えちまうし」

「高景さん……」

彼は今日、目の前で人柄をよく知る二人の仲間を失ったのだ。

「気にすんな。俺も気持ちを切り替える。引きずってたら、今度は俺が死ぬことになる。お前に便宜を図ってもらって、こっそり給料を上げてもらうまで死にたくないからな」

空元気を見せて、気丈にふるまってみせるのが、いかにも高景らしかった。

鴇守もそれ以上はなにも言えず、もう一度礼を言って、コテージを出た。

夜刀がすぐに駆け寄ってきて、鴇守の手を握った。外で待たされた文句も言わず、にこっと白い牙を見せて笑いかけてくる。

鴇守は曖昧に微笑み返した。

今までのように、夜刀が愛《いと》しくて愛しくてたまらない、という気持ちにはならなかった。決して嫌いになったわけではない。手を振り解《ほど》こうとは思わない。

二人の間には、距離がある。心の距離だ。

夜刀と寄り添い合えないのは寂しいから、距離を縮めたい。そのために、自分の気持ちをどこへ持っていって、どのように処理すればいいのかわからない。

二人でいるのに、独りぼっち。

鴇守は悄然《しょうぜん》と肩を落とし、夜刀と並んで夜道を歩いた。

五メートルも歩かないうちに、夜刀がいるのとは反対側の足元に、ふわふわしたものがまとわりついてきた。右恭の黒猫だ。

歩きにくいだろうに、鴇守に身体を擦《こす》りつけながら歩いている。手はつなげないけれど、温もりだけでも届けたいと言わんばかりに。

鴇守は独りぼっちじゃないと、伝えてくれているようだ。

暗い空には、月も星も出ていない。とても静かな夜だった。

7

十日が過ぎても、鴇守《ときもり》たちは比翼塚から出てきた怨霊だか鬼だかわからない化け物を、退治することができなかった。

依頼を受けているほかの仕事もあり、鬼使い全員が京都に集結しているわけではないが、入れ替わり立ち代わり、かなりの数の鬼使いが化け物退治に当たっていた。

それでも、仕留めきれず、逃げられてしまう。

大刀で斬りかかると消えてしまうので、夜刀《やと》が素手で摑みかかって捕縛を試みたものの、結果は同じだった。

「逃げ足が速い！　消えたあとにどれだけ探っても、人間界に潜《ひそ》んでる感じがしねぇ。出てくるときもいきなりだから、察知するのが難しいんだ。この俺を振りまわすなんざ、舐《な》めた真似《まね》しやがって！」

逃がすたびに、夜刀は地団太を踏んで悔しがった。

化け物の出現範囲はそれほど広くはなく、一日に二度現れたり、二日間現れなかったり、出没時間に規則性はなかった。右恭《うきょう》ら修復師《しゅうふくし》たちが占って予知を試みているが、なにも読み取れないという。

化け物は出現すると、必ず人間を食べた。人間を食べるために、現れるのかもしれない。

使役鬼も数体、化け物に殺されていた。

愛しい使役鬼を失った鬼使いたちは、悲しみに暮れる間もなく六道の辻に行って新しい鬼と契約を結び、右恭が作った招喚具を鬼来式盤の代わりにして、人間界に呼びだしている。

しかし、新しい鬼は長年連れ添った鬼のように、上手には扱えない。どうしても、前の鬼と比べてしまう。

使役鬼が化け物と戦っている間、鬼使いたちは旧屋敷の対策本部にとどまり、使役鬼と同調している。使役鬼に、ほかの鬼と連携を取るよう指示を出したり、使役鬼の目を通して状況把握に努めたりしているのだが、鬼を替えた鬼使いは同調に失敗することも多かった。

という話を、鴇守は高景《たかかげ》から聞いた。

負傷する使役鬼も多いなか、ティアラちゃんは持ち前の戦闘力の高さで果敢に化け物に挑み、やられそうになると、一目散に逃げているらしい。

逃げろと命令しているのは、高景である。

「勝てないのがわかってる相手と、死ぬまで戦わせることに意味はない。いずれ、ティアラちゃんにも命を懸けさせるときが来るかもしれない。でも今はそのときじゃないんだ。俺は絶対に、ティアラちゃんを無駄死にさせたりしない」

高景にも、激愛している自分の使役鬼を失う覚悟があるようだった。

鬼使いは担当区域を決め、三人一組で哨戒《しょうかい》任務に当たっている。

鴇守はどのチームにも入っていない。突出した夜刀の強すぎる力をチーム行動で縛るのは得策ではない、とのことで、正規から単独行動の許可を得ていた。

最年少のみそっかすが生意気な、と反感を買うのではないかと鴇守は思ったが、目覚ましい変化を遂げた夜刀の存在は、強い鬼を好む鬼使いたちに歓迎され、主である鴇守にも敬意が払われた。

鴇守は今や、正規が認める次期当主候補であった。

すべての鬼を惹《ひ》きつける鴇守の能力は、鬼使いたちの混乱を招くだけでメリットがないとして、公表はしない予定だ。

対策本部に顔を出せば、ほかの鬼使いの使役鬼と会うこともある。あかつきのように、主一筋脇目も振らない鬼もいれば、主が隣にいるのに、鴇守に目を奪われてしまう鬼もいた。

そんなときは、鴇守の気を引こうとアピールを始める前に、夜刀がまさに鬼の形相《ぎょうそう》で睨《にら》みつけ、ときには襲いかかるふりをして追い払ってくれる。

修復師の存在も、公表には至っていない。

修復師たちは旧屋敷内の鬼使いたちが入れない区域に、それぞれの作業場を設けて結界を張り、各々がやるべき仕事をしている。

みゃおん、と式神の黒猫が鳴いたら、右恭が呼んでいる合図だった。

黒猫に導かれて、鴇守と夜刀はひっそりと移動し、右恭の部屋を訪れた。

「なかなかに骨が折れます。記録はあらかた読んで、怪異として記されているものはすべて照合して確かめているのですが、どれも当てはまらない」

右恭の表情は険しく、疲労が溜まっているのが見て取れる。

旧屋敷の地下にある書庫は、化け物の襲撃を受けても無事だったが、衝撃で書架が倒れ、整理されていた書物が散乱してしまったという。記録探しは、崩れて山となった書物のなかから、目当ての時代のものを見つけることから始まった。

平安時代の書物、それも特殊な文字を使って書かれてあるものを読み解くのは、鴇守が考える以上に大変なことだろう。化け物が現れるたびに犠牲者が増えていくから、早く見つけなければならないという焦りが日々強くなる。

それは鴇守も同じだった。

記録探しを手伝えない鴇守は、夜刀と一緒に比翼塚を探っていた。封印が破られたあとの抜け殻でも、長く封じられていた場所だし、正体を掴むための痕跡《こんせき》が残っているかもしれないと考えてのことだが、手がかりになりそうなものは見つけられていない。

「こちらも進展はありません。比翼塚の周辺は崩れてしまっていて、封印されていたときに、どのような状態であそこにあったのかもわかりません」

右恭にそう言って、鴇守は夜刀を見上げた。

「夜刀はなにか、気がついたことはない？」

「うーん。よくわかんねぇ」

夜刀は首を傾《かし》げた。

鬼使いも陰陽師《おんみようじ》も退魔師も式神も、ちゃんとその正体を見破る夜刀が、今回の相手については、はっきりしないのだ。

それがまた、化け物の得体の知れなさを示していて、鴇守を落ち着かない気分にさせる。

「お前が探しても見つけられないなんて、どこにどうやって隠れてるんだろう」

「ふと思ったんだけどよ、六道の辻に逃げこんでるんじゃねぇか。だとしたら、あれの正体は鬼かもな。あっちに行かれたら、捜して見つけだすのは俺でもさすがに難しい」

「どうやって六道の辻に？　人間界との間にある障壁は俺たちがふさいだから、鬼はもう行き来できないはずだろ」

「あれだけの力を持ってりゃ、壁を破るのなんか簡単だと思うぜ」

夜刀がこともなげに言うので、鴇守は目を見開いた。

「か、簡単だって？　あんなに苦労してふさいだのに！　もし破られてたら、あいつだけじゃなくて、ほかの鬼たちもこっちに出てくるじゃないか。そんなの困る」

夜刀も右恭も鴇守も、ぼろぼろになってようやくふさぐことのできた障壁を、わずか数ヶ月でまた破られたなんてたまったものではない。

強さを得るため、人間の血肉を好んで食らう鬼たちは、人間界への抜け道を見つけたら、躊《ちゅう》躇《ちょ》なく出てきて、狩りを始めるだろう。

　夜刀は鴇守をなだめようとした。

「落ち着けって。俺の予想だからよ。あれが鬼なのか、六道の辻に隠れてんのか、本当のところは俺にもわかんねぇ。人間を食ってるし、食えば食うほど強くなってるところは鬼っぽいんだが、臭いがおかしいから、鬼とは違う気もするんだよな」

「臭いって、比翼塚に残ってるあの臭いのこと？」

「うん。鬼はああいう臭いはしねぇ」

「鴇守さんは、その臭いを嗅いだことがあるのですか？」

　右恭が口を挟んだ。

「はい。最初にみんなで比翼塚を見に行ったときから臭ってたやつです。右恭さんも知ってますよね。あれから十日も経つのに、ちょっと薄れてきたくらいでまだ臭うんですよ」

　鴇守は鼻を摘む仕草をした。息を止めて捜査するわけにもいかず、マスクをしても遮断できず、あの臭いには辟易《へきえき》しているのだ。

「私には感じられませんでしたが」

「……え」

　鴇守と右恭は見つめ合い、やがて二人は悟った。

鬼の夜刀が感じ取れて、人間の右恭が感じ取れないもの。それを鴇守が感じ取ったのは、鴇守のなかで変化した鬼の部分だ。

きっと、正規《まさのり》や三春《みはる》も感じ取っていなかった。だから、鼻が曲がりそうなあの悪臭のなか、平然としていられたのだろう。

鴇守は額を指で探りたくなるのを堪《こら》えた。角の確認はほとんど癖になっていたが、右恭の前で触れたら、夜刀を信じていないと誤解されてしまう。

京都に来てからも、夜刀とは身体をつなげていなかった。交わらないだけで、夜刀は鴇守の身体に触れ、性器を愛撫《あいぶ》して精液を飲んでいる。

鬼の成分を吸いだすのと、化け物と戦う報酬でもあった。ほかの使役鬼のように、人間の血肉を食べないと約束してくれた夜刀に、鴇守が差しだせる唯一のものだ。

気乗りはしないが、鴇守の身体を知り尽くした愛撫に、すぐに我を忘れてしまう。せつない顔で、鴇守を抱かずに我慢している夜刀を愛しいと思い、その愛しい夜刀に裏切られたのだと思うと悲しくなる。

夜刀は約束を破っていないはずだ。比翼塚の臭いは今日も感じ取ったけれど、鴇守は少しずつ人間に戻っているはずだ。

鴇守以外の誰もが信じていなくても、鴇守だけは信じていなくては。

「……ものすごく生臭くて、なにかが腐ったような臭いなんです」

ごくりと唾液《だえき》を飲みこんでから、鴇守は平静を装って説明した。

鴇守と右恭の間に張りつめている緊張感に気づいているだろうに、夜刀は素知らぬ顔でふてぶてしく話をつづけた。

「ああいう腐った臭いをさせてるやつは、ろくでもねぇのが多い。あいつには何度も斬りかかって、逃げられちまってるけど、だんだん、白い靄《もや》から物体に近づいてきてる気がする」

「物体？」

「鬼か怨霊か、得体は知れねぇけど、ときどき、グフフとかグヘエとか、意味不明な気持ち悪い声が聞こえてくるんだよ。酔っぱらったおっさんが笑ってるみたいな声が。なのに、白い靄のなかに髪の長い女の姿が見えたときがあったんだよな」

「ど、どっちだと思うんだ？　男？　女？」

鴇守は身を乗りだして訊ねた。

「一人ではなく、融合している可能性もあります」

答えたのは右恭だった。

「融合……。そんなことが、あるんですか」

「怒りや恨みなどの負の感情は、同調しやすいものです。望まずとも、巻きこまれてしまうこともある。そうか……、だから、比翼塚と名前がついているのかもしれない」

「あ！」

右恭の言葉で、鴇守も閃《ひらめ》いた。

比翼塚とは、相思相愛の男女を葬った塚を意味する。

塚から出てきたものがあまりにも禍々《まがまが》しく、男女の区別どころか、人間かどうかさえ判別できない化け物だったから、比翼塚という名前について深く考えていなかった。

恋人なのか夫婦なのかわからないけれど、もともとは二人だったのかもしれない。

「あんなふうに変わってしまうなんて、なにがあったんでしょうか。きっと軽くはない被害を出して、封じられたんだろうし」

鴇守は考え考え言った。

融合して原形も留めていられないほどのなにか。彼らにとっては、悲惨極まりない出来事だっただろう。

だからといって今、なんの関係もない人々が襲われ、なすすべもなく食われていいはずがなかった。

「誰が封じたのかも、気になります。修復師が生まれる以前の時代の話なら、矢背家には鬼使いしかいませんからね。怪異に対し、使役鬼を使って戦わせることはできても、封じることはできない。外部の陰陽師に救援を求めたのか……」

右恭がそう言ったとき、彼の携帯端末の呼び出し音が鳴った。

ポケットから取りだし、短く応じている右恭の声が低くなった。

通話の相手の声は聞こえないが、不穏な空気が満ち始める。緊張で身体を強張らせている鴇守の肩を、夜刀が抱いてくれた。

優しい仕草なのに、見上げた夜刀の顔は少し険しい。鬼の耳は、右恭が電話越しにしている会話の内容を正確に聞き取っているのだ。

夜刀に訊ねなくても、すぐに右恭の口から明らかになるだろう。

「わかりました。すぐに鴇守さんとそちらへ向かいます」

そう言って、右恭は通話を終えた。

「なにがあったんですか?」

「鬼が大量に出没しているそうです。京都にかぎらず、全国的な規模で」

「もしかして、さっき話していたあの話が現実に……」

不安から、鴇守は胸の前で両手を握り合わせた。

夜刀が言っていたように、比翼塚の化け物が六道の辻に逃げこんで障壁を破り、そこから鬼たちが人間界に出てきているのだとしたら、障壁に生じた抜け穴をふさがないかぎり、鬼の増加を防ぐことはできない。

障壁の修復は可能だ。だが、先にあの化け物をどうにかしないと、障壁を修復しても、またすぐに破られてしまう。

「状況は厳しい。正規さまのところへ急ぎましょう。対策を練らないといけません」

「はい！」

鴇守は力強く頷いた。

未知なる凶悪な力が襲ってきているのだ。恐ろしいけれど、立ち向かわねばならない。それが矢背の鬼使いの義務であり、使命でもある。

決意をうちに秘めた鴇守の顔を見て、右恭が言った。

「こんなときですが、いい顔になりましたね」

「え？」

「矢背の鬼使いの顔になってきました。初めて会ったときから、ずいぶんと変わった。今のあなたを見て、頼りないというものはいないでしょう」

「そ、それはどうも、ありがとうございます……」

いきなり褒められて、鴇守はどぎまぎしつつ礼を言った。これまでも、ときどきは褒めてもらっていたが、ここで言われるとは思いもせず、舞い上がってしまった。

しっかりしなさいと発破をかけられるよりも、やる気が満ちてきて、結果を出してまた褒めてもらいたくなる。

右恭は鴇守を見つめて微笑み、部屋を出ていった。

鴇守もすぐに右恭の背中を追いかけた。

「俺たちも行こう、夜刀！」

「……おう」

夜刀の返事はどことなく、力がなかった。右恭が鴇守を褒め、鴇守が喜ぶと、夜刀は機嫌が悪くなる。

不機嫌になっても、ついてきてくれるのはわかっているから、鴇守はあえて夜刀を振り返らずに進んだ。

一心に右恭を追う鴇守を、夜刀がどんな表情で見ているか、知らないままに。

作戦会議ののち、夜刀は鬼退治に駆りだされた。

比翼塚の化け物が出現したら、そちらを最優先で片づけるが、それまではどんどん増えつづけている鬼を手分けして始末することになったのだ。九州、中部《ちゅうぶ》、関東《かんとう》、東北《とうほく》から来ている鬼使いたちは、それぞれの支部がある地域へと戻っていった。

京都の守備は手薄になる。そのぶん、夜刀が獅子奮迅《ししふんじん》の働きをしなくてはならない。

鴇守は旧屋敷に残り、現場で戦う夜刀と同調しようと一生懸命頑張っているようだが、待てど暮らせど鴇守からの意識は飛んでこない。

同調していようが、してなかろうが、夜刀がやるべきことは決まっている。ひたすらに鬼を斬って斬って斬りまくるのだ。

「うぎゃあ！」

猿のような顔をした大柄な鬼が、夜刀を見て悲鳴をあげた。

逃げる隙も与えずに、大刀を振り下ろす。鬼は血を撒《ま》き散らして死に、塵《ちり》となって消えていった。

鴇守は同調成功率五割の壁を突破できないことを、心の底から悔しがっている。頑張る鴇守を、夜刀はいつも応援しているし、手助けできることがあれば最大限しているけれど、今にかぎっては同調していなくてよかったと思う。

鬼退治の凄惨《せいさん》な光景を見せずにすむからだ。

六道の辻から出てきた鬼たちは、人間界では不可視の存在であるが、目撃者が多数いるところで、見境なく人間に食いつくわけではない。

四つ辻などにじっと身を潜め、蜘蛛《くも》が巣を張って獲物がかかるのを待つように、状況を見定めながら通りかかった人間を襲う。怪異事件として騒ぎになると、退魔師や陰陽師が出てきて退治されてしまうからだ。知恵のない鬼でも、それくらいのことはわかっている。

「小賢《こざか》しいったらないぜ。面倒くせぇ！」

夜刀は小さく吠《ほ》えた。

隠れている鬼を一匹一匹見つけだし、苛立《いらだ》ちのままに殴って蹴って捻《ひね》りつぶす。大刀を使うまでもなかった。

「障壁に穴が開いたからって、ほいほい出てくんな！　鬼はおとなしく六道の辻に引っこんでろってんだ！　人間界は鬼の棲《す》むとこじゃねぇんだよ！」

自分のことは棚に上げ、一ヶ所が終わると、次の場所へと移動した。

夜になれば、鬼の活動は活発になる。それまでに少しでも数を減らしておきたいが、六道の辻にできた臨時出口をふさがないかぎり、この作業は焼け石に水も同然だった。

こんな面倒なことになったのは、あの比翼塚から出てきた化け物のせいだ。逃げられてばかりで、退治できなかった自分にも腹が立っていた。

誰もが手を焼く強い敵を夜刀が片づけたら、鴇守は鼻を高くして、夜刀を褒めてくれただろう。夜刀の存在の重要性を再確認し、減ったという信頼を取り戻せたかもしれない。

ひっそりと進めていた鬼化がばれてしまったときの、鴇守の蒼褪《あおざ》めた顔、向けられた非難の眼差《まなざ》しを思い出し、夜刀は肩を落とした。

『俺は鬼になりたくない。人間を食べる化け物になんか、なりたくない』

鴇守はそう言った。

夜刀が考えた、鴇守と永遠に離れずにすむ方法を、二人で幸福に生きつづけるための方法を、裏切りだと捉えていた。

右恭がいる以上、完全に鬼に変える前に、どこかでばれるだろうとは思っていた。それを知った鴇守が怒ることもわかっていた。

鴇守の鬼嫌いを誰よりもよく知っているのは夜刀だ。

それでも、夜刀が頼みこんだら、譲歩してくれるのではないかと楽観的に考えてもいた。鴇守だって、夜刀とずっと一緒にいたいと願っているはずだと、そう信じていたから。

鴇守は鬼になるより、夜刀と死に別れるほうがいいと考えている。よくはなくても、仕方がないと受け入れている。

その事実は、夜刀の心に鈍《にぶ》い痛みをもたらした。

鴇守は夜刀より先に死んでしまう立場だから、置いていかれる怖さについて、深く理解が及ばないのだろう。

やはり、無断で鬼に変えるなんて、やめておくべきだったかもしれない。いずれそうするにしても、もっと時間をかけるべきだった。鴇守が言うように、毎日地道に訴えつづけて、心が変わるのを待てばよかった。

夜刀が焦ったせいで、鴇守と右恭の距離が一気に縮まった。夜刀に裏切られたと思っている鴇守を、右恭はうまい具合に頼らせ、寄りかからせた。

だが、夜刀を焦《じ》らせたのは右恭だった。

「全部あの眼鏡野郎のせいじゃねぇか！　ポッと出の、たかが修復師の分際ででしゃばりやがって。なにが、鴇守さんは私が支えます、だ！　くそっ、鴇守を支えてるのは俺だ！」

怒りが堪《こら》えきれず、夜刀はドンと地面を踏みつけた。

右恭が現れるまで、鴇守の頭にも心のなかにも、夜刀しかいなかった。二人だけの世界に、右恭が恐ろしい勢いで入りこみ、鴇守の信頼を得ているのがわかる。

右恭に褒められると、鴇守は嬉しそうな顔をする。夜刀だって、ずっとずっと鴇守を褒めてきたのに、見せてくれる顔が違う。

右恭は自分が鴇守のものだと言ってはばからない。修復師は鬼使いのために生まれ、生きて、死ぬのだと。

鴇守の心に住む、たった一人の住人になろうとして、先に住んでいた夜刀を追い出そうと画策してくる。

それは夜刀も同じだ。鴇守の持ち物は夜刀だけでいい。

鴇守が与えてくれるものを、右恭と分け合うなんて耐えられない。鴇守の心に、夜刀以外が住むなんて許せない。

だから、引き離したかった。

鬼使いを鬼に変えて、右恭の主たる資格を鴇守から奪ってしまいたかった。一刻も早く。

結果が、このありさまである。

人間に戻す約束をさせられて、不承不承頷いた。そうしなければ、鴇守との間に走った亀裂が大きくなって、取り返しのつかない事態になりそうだったからだ。

鴇守は夜刀を疑いながら、信じなくてはならないと自分に言い聞かせている。

その甘さが哀れで、愛しかった。

鬼化を進めはしないけれど、戻しもしない。夜刀はどうあっても、自分の夢、希望を諦《あきら》められない。

たとえ、鴇守が泣こうとも。

泣いて怒って恨んでもいいから、一緒にいてほしい。人間のまま死なせるくらいなら、夜刀を愛してくれない鴇守でもかまわない。

鴇守が愛しくて愛しくてたまらないのに、鴇守の幸福を優先できない。

どうしようもなく、自分は鬼なのだと、夜刀は思った。

8

右恭《うきょう》から連絡が入ったのは、夜明け前だった。

比翼塚《ひよくづか》に封じられていた化け物の正体について記された文献を、ついに見つけたという。

現場に出て、夜刀《やと》と一緒に夜通し鬼退治をしていた鴇守《ときもり》は、確認できる範囲の鬼をすべて片づけてから、急いで旧屋敷に戻った。

対策本部の指令室には、正規《まさのり》と藤嗣《ふじつぐ》と季和《きわ》、三春《みはる》と右恭が揃《そろ》っていた。使役鬼を連れているのは、鴇守だけである。

うなじの毛が逆立つような、ぴりぴりとした緊迫感に包まれるなか、鴇守が席につくと、右恭が説明を始めた。

「予想していたとおり、封じられていたのはやはり、矢背《やせ》の血族でした。白い朧《おぼろ》のような化け物の正体は、矢背家の祖、秀守《ひでもり》の両親である、陰陽師《おんみょうじ》の秀遠《ひでとお》と雌鬼の芙蓉《ふよう》です」

空気が騒《ざわ》めき、鴇守も静かに息を呑《の》んだ。

まったく、予想もしていなかった。鬼を使役できる鬼使いを生みだした夫婦は、陰陽師と鬼の力を用いて鬼来式盤《きらいしきばん》や千代丸《ちよまる》など、鬼使いたちが使う道具を多数作った。それらは修復師《しゅうふくし》たちがメンテナンスをして、現代まで受け継がれている。

秀遠と芙蓉、この二人がいなければ、現在の矢背家は存在していない。

騒めきが鎮まるのを待って、右恭はつづけた。

「どのような経緯があったのか定かではありません。芙蓉は鬼ですから、人間を食べたいという本能に負けたのかもしれない。秀守もまた、鬼の妻にただ食われて死を迎えたのではないようです。二人はどうしたものか、互いを食らい合って一体化し、怨霊《おんりょう》か鬼かわからない化け物に変じてしまった。理性を失い、京の都を徘徊しては人を食い荒らすようになった両親を、秀守が御影山《みかげやま》に追いこんで封じたと記述されていました」

初代鬼使いであり、矢背家の始祖とされている秀守の活躍譚は枚挙に遑《いとま》がなく、矢背の家伝に多数残されている。

生誕から死没した日まで明らかで、旧屋敷の敷地内には秀守墓所と呼ばれる墓があるそうだ。代替わりした新当主は、就任前に必ず使役鬼を伴って参拝に行くのが習わしだと、右恭が言っていた。

鴇守は秀守のことより、秀遠と芙蓉の晩年の様子が知りたいとずっと思っていた。

夜刀と恋人同士になってからは、遠い先祖と自分たちの関係を重ね合わせ、人間と鬼の熱愛がどのような結末を迎えたのか、気になってたまらなかった。

「秀遠と芙蓉については、記述が少なくて、わからないことのほうが多いとされてきたわ。それは間違いないの？　秀守が封じたということは、両親の件を隠そうとしてたわけ？」

季和が訊《たず》ねると、右恭は頷《うなず》いた。

「そのようです。秀遠と芙蓉のことも比翼塚のことも、家伝にはいっさい書かれていません。私が見つけたのは、鎌倉時代の矢背家当主、秀実《ひでざね》が遺した個人的な日記です」

秀守の命によって、御影山は立ち入り禁止とされていたが、その理由を誰も知らなかった。偉大なる初代を崇拝するあまり、二代目以降、どの当主もその禁を守り、理由を探ろうともしなかった。

それを疑問に思ったのが、秀実だった。

当主ですら立ち入ることのできない場所には、隠さなければならないものが眠っているはず。初代からつづいているのであれば、それは矢背家の存続を脅《おびや》かすものかもしれない。

そう考えた秀実は、禁を破って御影山に入り、比翼塚を発見した。

いやな臭《にお》いがする、とても危険なものが封じてある、と言ったのは、秀実の使役鬼で、封印を解いて確かめるわけにもいかず、秀実が独自に調査をした結果、秀遠と芙蓉の悲惨な結末が浮かび上がってきた。

「秀実の世代だと、風化するほど昔の話ではありません。秀実は秀守の直系子孫で、秀実の祖母が、そのまた祖母から、この事件についての話を少し伝え聞いていたようです。お家の恥になることだから、決して口外してはならないと注意を受けて。気軽に口にできることではないので、孫に訊《き》かれるまでは胸にしまっていたそうです」

「つまり信憑性《しんぴょうせい》が高いということね。嘘《うそ》であってあってほしいと願うわ。私たちの遠い祖先が化け物になって現代に蘇《よみがえ》り、昔も今も人を食い殺してまわっているだなんて」

ショックを受けた様子で額を押さえ、季和が呟《つぶや》いた。

右恭はちらりと鴇守を見た。

「鴇守さんの鬼があの化け物と対峙《たいじ》したとき、低く笑う男の声を聞き、髪の長い女の姿を靄《もや》のなかで見たと言いました。秀実の日記が真実なら、秀遠と芙蓉です。二人は一体化しながら、個別の意識を持っているのかもしれません」

秀遠の声について、酔っぱらったおっさんが笑っているようだったと夜刀は言っていた。個別の意識を持っていようと、おそらく、どちらもまともな思考は持っていないだろう。

稀代《きたい》の陰陽師、矢背秀遠。鬼の妻《めと》を娶り、子まで成した。

異種族の夫婦で二つとない呪具や術具、武器などを数多く制作し、それらは矢背一族の宝となり、鬼使いの助けとなって、千年の時を超えた現在も色褪《あ》せることなく活躍している。

鴇守は机の上で組んだ自分の指先に、視線を落とした。

仲睦《なかむつ》まじかったはずの夫婦が、どうしてそんな結末を迎えたのか。二人の間に起こった出来事を知りたかった。

「化け物の正体がその二人だとして、秀守はそれをどうやって封じた？　秀守には陰陽師の資質はなかったと言われているが」

藤嗣が疑問を呈した。

「わかりません。秀実もそこまでは摑《つか》めなかったようです。どのような方法で封じたにせよ、比翼塚の封印は完璧で、力のある陰陽師が何十人集まっても破ることはできないだろうと秀実は推測しています。そして、深く理解した。比翼塚の秘密は誰にも明かされてはならないものだということを。秀実は御影山への入山禁止を徹底させ、秀守と同じように、比翼塚の存在を隠すことにしたのです」

「たしかに、とんだ醜聞だな。鬼来式盤を始め呪具が多く残っているということは、秀遠と芙蓉が仲違《なかたが》いして化け物になったのは、おそらく晩年だろう。秀守はすでに鬼使いとしての名を高め、内裏《だいり》で重用されるようになっていたはずだ。両親が化け物に変じたのが公になれば、失脚を免れない。秀実の時代でも、同じだっただろう。矢背家の足を引っ張ろうと虎視眈々《こしたんたん》と狙《ねら》う敵は多かったに違いないからな」

藤嗣の言葉には自嘲《じちょう》が混じっていた。

「秀守は完全なる沈黙を貫き、家伝にももちろん残させなかった。秀実がお家の危険を承知で日記に書いたのは、後世、万が一にも比翼塚の封印が解かれないとは限らない、そのための備えだそうです。身内の不始末は、我々矢背一族がなんとかせねばなりません。原形をとどめないほどに変容していても、正体がわかれば対処できます」

「滅することは可能か」

黙って説明を聞いていた正規が、短く訊いた。

「目標は消滅ですが、秀守でさえ滅せず封印したことを考えると、難しいかもしれません。消滅が不可能であれば、再び封じることになります」

「どうやって封じるつもりだ。あれは今度こそ、もう二度と出てきてはならないものだ。この世にもあの世にも六道の辻にも、居場所を与えてはならない。災いの種を後世に残せば、取り返しのつかないことになる。我々がここで止めねばならん」

新しい鬼使いが誕生せず、存亡の危機にある矢背一族には、後始末を子孫に託すだけの余裕はない。夜刀がいる今が、もっとも戦力的に充実していると言えるだろう。

絶対に失敗は許されないのだ。鴇守は守護神のごとく背後に立つ夜刀を振り返りたくなるのを堪《こら》え、右恭を見た。

右恭は気負うことなく言った。

「私が鬼封珠《おにふうじゅ》を作ります。秀遠と芙蓉を封じるのに特化した強力な鬼封珠を。強い呪をかけるので、完成までに少々時間をいただかねばなりません」

鬼封珠は鬼を封じこめるための道具で、普通は鬼使いの手に負えなくなった使役鬼を封じるのに使われる。

本当にそんなものが作れるのか、とは誰も言わなかった。右恭は秀遠の再来とさえ呼ばれるほどの、矢背随一の修復師だ。

右恭にできなければ、誰にもできない。

期待を浴びて、委縮することのない右恭の横顔は、凛《りん》として美しかった。

鬼使いではなく陰陽師の資質を持って生まれ、隠塚《おんづか》の姓をいただく彼も、まごうことなき鬼の血を引く矢背の血族であった。

正規は重々しく頷いた。

「わかった。それまでは、我々が使役鬼を使ってなんとか凌《しの》ぐ。早急に取りかかれ」

「承知しました」

会議は終了し、ひとまず解散することになった。

鴇守はコテージに向かい、夜刀は黙ったまま鴇守の後ろをついてくる。指令室を出るとき、右恭とは言葉を交わさなかった。

なにを言えばいいのか、わからなかったからだ。

秀遠と芙蓉のことが頭から離れなかった。鴇守は今まで彼らについて、種族を超えた、それも人間を食う性質を持っている鬼と人間との、純愛物語だと思いこんでいた。

秀遠が先に寿命で倒れたのち、芙蓉は夫との思い出を抱いて六道の辻に戻ったのかもしれないとか、もしくは夫のあとを追って死ぬことを選んだかもしれないとか、いろんな可能性を考えていた。

それがまさか、食らい合った挙句に息子に封じられていたとは。

鬼は人を愛して食い、憎んで食う。食って腹を満たす。血肉を取り入れ、ひとつになって、心を満たす。

芙蓉は鬼の本能を抑えきれなかったのか。

コテージまでは、均《なら》された土の上に据えられた飛び石の上を歩く。ときどき、ほかの鬼使いと出くわすことがあるが、睨《にら》みを利かせた夜刀を連れている鴇守に話しかけてくるものはいなかった。

唯一親しくしていた高景《たかかげ》は九州《きゅうしゅう》に戻っている。退治しても退治しても、どこからか鬼が湧《わ》いてくるので苦労しているようだ。

鴇守はコテージのドアを開け、真っ直ぐにベッドまで行って腰かけた。

「少し寝ろよ。一晩中鬼退治してたんだから。呼ばれて帰ったらすぐに会議だったし、疲れただろ」

夜刀が気遣って、そう勧めた。

「疲れてはいるけど、眠くはない。秀遠と芙蓉がどうしてあんな化け物になってしまったのか、気になって……」

あの二人に起こった出来事は、鴇守と夜刀の間にもいずれ起こるかもしれない。

鴇守を鬼にしてまで一緒に生きることを望む夜刀と、夜刀と生きたいけれど、鬼にはなりたくない鴇守と。

もうすでに、歪《ひず》みは生じているのだ。

「訊いてみたらどうだ？」

「え？」

あまりにあっさりと言われたので、鴇守はぽかんと夜刀を見上げた。

「訊くって誰に？」

「あの化け物に」

「話ができるのか？」

夜刀は首を傾《かし》げつつも頷いた。

「できるような気がする。たぶん。おそらく。もしかすると。最初は理性も知性もない化け物だったんだけど、戦ううちになんか変わってきた気がするんだよな」

「どんなふうに？」

「煙みたいだった本体がちょっと濃くなって、透け感がなくなってきたと思ったら、女の姿が見えてきた。不安定なものが確固たる姿を取ろうとするには、ある程度思考ってもんが出てこねぇと無理だ。酔っぱらったおっさんの声が秀遠ってやつなら、鴇守たちの遠い遠い先祖だろ？　そういう血のつながりってなんとなくわかるもんだ。もともと陰陽師で強い力を持ってるなら、なおさらだ。赤の他人が話しかけても無視されるだろうけど、鴇守が頼んだら聞いてくれるんじゃねぇかな」

「そ、そうかな。聞いてくれるかな、俺の声」

先祖とはいえ、変容してしまった化け物と対話するという、鴇守が思いつきもしなかった方法を示してくれた夜刀に、鴇守は素直に賞賛の眼差《まなざ》しを向けた。

夜刀は気分をよくしたように、顔を綻《ほころ》ばせた。

「名前を呼んでやったらいい。千年以上も封印されて、薄ぼんやりしたまま二人でひとつになってたんだ。自分の名前も、忘れちまってるかもな。名前を思い出したら、ちょっとはしっかりするだろ」

「夜刀、すごい。よくそんなこと考えついたな」

「俺も長年の鬼生活で、いろんな化け物を見てきたからよ。名前ってのは大事なもんだ。魂に結びついてる」

「魂……」

鴇守はなんとなく、心臓の上に手をやった。

そういえば、鬼は自分の主《あるじ》と定めたもの以外には自発的に名を名乗らない。主以外に名を呼ばれるのはもちろん、知られることすら嫌う鬼もいるという。高景の使役鬼ティアラちゃんがそうだ。

鬼を滅する力を持つ陰陽師や退魔師《たいまし》にかかれば、名は枷《かせ》になり、檻《おり》になる。自己防衛本能がそうさせるのだろう。

最強の鬼を自負する夜刀は、鴇守以外に名を呼ばれてもあまり気にしない。名を以て退治しようとするものあらば、返り討ちにしてやるという自信の表れだ。

正規や右恭は、夜刀に向かって夜刀の名を呼ぶことは絶対になかった。そうして、敵対する意思がないことを示している。

夜刀が規格外なので、鴇守はあまり意識したことがないが、鬼使いと使役鬼の間には細かな決まりや暗黙の了解というものがあるようだった。

「ひとつ問題があるとすれば、あいつの逃げ足が速いことだな。鴇守の呼びかけに気づいて話をしようって気分になるまで、あいつを足留めする方法があればいいんだが」

「陰陽道の術のことなら、右恭さんに相談するのが一番だけど、今は鬼封珠を作るので手一杯かもしれない」

化け物と、いや先祖の二人と話をしてみたいというのは、鴇守個人の希望である。対話をすれば理解し合えるとは限らないし、対話自体うまくいくかどうかわからない。そうこうしているうちに取り逃がしたら、新たな被害が増える。

それよりも、確実に彼らを封じこめる道具を作るほうが先決であろう。

多忙な右恭に相談してもいいものか、鴇守が悩んでいると、部屋の梁《はり》の上で休んでいたらしい黒猫が身軽に下りてきて、鴇守の膝《ひざ》の上に乗り上がった。

うにゃあん、うにゃあんと二度鳴いて、尻尾《しっぽ》をパタパタさせている。

式神が見聞きしたことは、主の右恭にすべて伝わる。これは式神を通じた右恭からの、返信なのかもしれない。

「右恭さん、足留めする方法を考えてくれるんですか？」

にゃあ。

黒猫は鳴いたうえに、軽く首を縦に振った。

私にお任せください、と頼もしく請け負う右恭の姿が、鮮やかなブルーの瞳の奥に見えるようだった。

「ありがとうございます、お願いします！」

鴇守は猫に向かって頭を下げた。下げた拍子に、額が猫の頭に触れた。

――ふわぁ……！

心のなかで、感嘆の声をあげる。

猫がいやがらないので、柔らかい毛の感触を額でしばらく味わう。毛皮に覆われた全身を両手で撫《な》でまわしたかったが、我慢した。

これは式神で、右恭の分身みたいなものなのだ。右恭にセクハラ行為を働くわけにはいかないし、夜刀以外のものを撫でまわしたら、夜刀が嫉妬《しっと》する。

名残を惜しみつつ、鴇守が頭を上げた途端、夜刀は猫の首の後ろを摑んでぽいっと後ろに放り投げた。

「こら、夜刀。あんまり乱暴なことはするな」

「鴇守の膝に乗るほうが悪い。本体じゃ乗る勇気がないから、代わりに猫にやらせてるんだ。あいつはむっつりスケベだ」

「そんなわけないだろ。お前じゃあるまいし」

夜刀をたしなめながら、鴇守の膝に乗ろうとする右恭を想像してうっかり笑ってしまう。離れたところで黒猫が抗議するかのように唸《うな》っているのもおかしかった。

そのまま、鴇守は上半身をベッドに倒れこませた。

「眠いんだろ？　今できることはないんだから、休めるときに休んどけ」

夜刀は鴇守を抱き上げ、ちゃんと枕の上に頭がくる位置に横たえると、苦しくないようにネクタイとシャツのボタンを途中まで外してくれた。

頭が重くなり、眠気が忍び寄ってきた。

「シャワー浴びたいけど、眠りたい。起きてからにしようかな」

「そうしろ」

夜刀がかけてくれた布団の下で、もぞもぞとズボンのベルトを外しながら、ふと思い出す。

「あ、報酬だ。お前も一晩中鬼退治してくれたのに。ありがとう、夜刀」

「俺はお前の鬼なんだから、お前のために働くのは当たり前だ。報酬もあとでいい。なにも気にせずに、眠れ」

夜刀の大きな手が、鴇守の目元をそっと覆った。

瞼《まぶた》の裏側まで暗くなって、鴇守はすぐに眠りについた。


修復師のチームは優秀だった。

わずかしか残されていない秀遠の情報をもとに、秀遠と芙蓉の融合体が次に現れる場所と時間を占いで先読みしたところ、結果を得られたのだ。

呼び方も、これまでは比翼塚の化け物と言っていたのだが、人を害するものに成り果てては いても、仮にも先祖に対して化け物呼ばわりは礼節を欠いているということで、悩んだすえに、融合体となった。

深夜零時に鴇守と夜刀と右恭は示された現場へ、右恭の車で先回りして待機していた。小さな町だが、民家が密集している。融合体は、人がいない場所になど現れないのだ。

「まずは、ここから引き離し、近くの運動公園まで誘導してください。融合体が来たら、私が呪をかけて縛ります。縛られたことに怒って、暴れるかもしれません。そうなれば、長くはもたない。危険だと思ったら、粘らずにすぐに退避してください」

「わかりました」

緊張の面持ちで、鴇守は頷いた。

対話を試みるには、声が届く範囲まで近づかなければならない。もちろん、鴇守の姿も見せる必要がある。

秀遠と芙蓉の名を呼んで、理性を取り戻してくれればいいが、一度や二度の呼びかけでは無理だろう。相手の反応を見て素早く判断しないと、逃げ遅れたら怪我《けが》をするか、最悪の場合は命を落とすことになる。

「俺がついてんだ。鴇守に指一本触れさせるかよ」

夜刀が絶対の自信を見せて言いきった。

そこは鴇守も疑っていなかった。鴇守が危険だと判断する前に、夜刀のほうが鴇守を守るために動いているだろう。

「頼りにしてるよ、夜刀。俺もちゃんと注意するから。右恭さんは大丈夫なんですか？」

「術が破られれば、呪は術者に返ってきますが、まぁ大丈夫でしょう。なんとかします」

なんとかします、で、なんとかなるものだろうか。

鴇守は思ったが、陰陽道に関することで手助けできることはなにもない。融合体を足留めする方法も、右恭がその場で呪をかけて縛る以外にはないという。

右恭は飄々《ひょうひょう》としているが、呪返しを受けた術者が無事ですむことはない気がする。意識を失うとか、動けなくなるとか、あるかもしれない。確実にダイレクトで返ってくるぶん、右恭が一番危険な役割を担っているのだ。

「安心してください。もしもの場合は、俺が右恭さんを担《かつ》ぎ、その俺を夜刀に担いで逃げてもらいます」

せめて自分にできることを、と鴇守は意気込んで言った。

右恭は眉間《みけん》に深い皺《しわ》を寄せ、死んだほうがましだと言わんばかりの、ものすごくいやそうな顔をした。

夜刀も鼻の上に皺を寄せ、牙《きば》を剝《む》きだしにして拒否の様相を示している。

「験《げん》の悪いことを言わないでください。自分の面倒は自分でみます。人のことを気にかけている場合ではありません。あなたはあなたのやるべきことに集中しなさい」

説教を食らってしまった。鴇守が二人の間にクッションとなって入る、素晴らしい案だと思ったのだが。

「はい」

肩を落として頷いたとき、異変が起こった。

車を停《と》めているところから、わずか百メートルほど離れた地点の土が、突如として盛り上がったのだ。

「あいつだ！」

夜刀と鴇守が車外に出ると、右恭は静かに車を発進させた。誘導場所の運動公園で、融合体が到着するのを待つのである。

夜刀は鵼守をしっかりと抱きかかえ、融合体に近寄った。

鵼守の目には、融合体は白い靄にしか見えなかった。臭いが酷《ひど》い。比翼塚で嗅《か》いだ悪臭に、顔面を殴られているようだった。

「おい、化け物。こっちだ」

夜刀の呼びかけで、融合体が夜刀と鵼守を認識した。

と思ったら、ものすごい速さで近づいてきて、腕と思《おぼ》しき長い触手を伸ばし、鵼守を捕まえようとした。伸びてくるのは、一本ではない。

「へへっ、残念！」

ひらり、と夜刀は踊るように身をかわし、融合体の注意を引きつけながら運動公園のほうへ向かっている。あまりに離れすぎると、追いつくための最短ルートを選んで民家を突っ切る恐れがあるので、道路を通るように一定の距離を保たねばならない。

「……っ！」

鵼守は声も出せずに、固まっていた。

夜刀に抱えられていなかったら、腰を抜かしていただろう。触手が近くを掠《かす》めただけで、肌が切れそうな気がするほどの風圧だ。

運動公園に近づいてくると、鵼守は気を取りなおし、声を張り上げた。

「秀遠さま！　芙蓉さま！」

融合体は一瞬たりとも止まらなかった。

運動公園内に入り、サッカー場のところで夜刀が立ち止まった。

ここぞとばかりに襲いかかってくる融合体が、途中でピタリと動きを止めた。右恭が呪を発動させたのだ。

ウゴオォォォォッ！

獣の咆哮《ほうこう》にも似た声が、深夜のサッカー場に響く。空気までもが震撼《しんかん》していた。

鴇守は夜刀の腕のなかから地面に下り、何度も呼びかけた。

「秀遠さま！　芙蓉さま、聞いてください！　俺は鬼使いです。あなたがたの血を引く、矢背の末裔《まつえい》です。秀遠さま、芙蓉さま！」

右恭の呪縛から逃れようと、融合体は激しく足掻《あが》いている。

グオゥ、ガァウ、と唸る声は、明らかに男性のものだ。秀遠の意識が表面に出てきているのだと思い、鴇守は秀遠に対して訴えた。

「陰陽師のあなたが、なぜ人を襲い、食っているのですか？　人間としての本分をお忘れになったのですか、秀遠さま！」

「下がれ！　近づきすぎだ、鴇守！」

前のめりになっている鴇守を、夜刀が後ろに押しやろうとした。それにはかまわず、ひたすらに声をかけつづける。

「秀遠さまは稀代の陰陽師と名高いお方です。我々矢背の末裔たちは、今でも秀遠さまが作られた道具に助けられています。お二人になにがあったのですか？　そこまで荒ぶられる理由を、教えてほしいのです！」

大声で叫ぶ鴇守の声が掠れた。

融合体はまだ暴れている。鴇守の声が届いているのかどうかもわからない。

だが、これは融合体と接触できる、またとないチャンスだった。呪縛している右恭の力も、無限にはつづかない。

「秀遠さま！」

血を吐くような思いで、あらんかぎりの力を込めて、鴇守は声を絞りだした。

「どうか……、どうか気を鎮めてください！　誇り高い陰陽師であったかつての姿を、思い出してください！　お願いします、秀遠さま……！」

そのとき、空気が変わった。

霞がかった融合体の姿が次第にはっきりし、色彩が浮かび上がってくる。

鴇守が固唾《かたず》を飲んで見守る前で、融合体は淡紅色の着物に身を包んだ、長い黒髪の女性の姿に変わった。頭には二本の角が生えている。

「ふ、芙蓉さま……」

鴇守は震える声で呟いた。

秀遠だと思って話しかけていたが、芙蓉だったのだろうか。

俯《うつむ》いていた顔が上がる。

芙蓉はその名のとおり、美しかった。しかし、その華やかな美貌《びぼう》は無表情で、温《ぬく》もりのない人形のように見える。

どこか虚《うつ》ろだった瞳に力が宿り、鴇守の姿を捕らえた。

「……っ！」

目と目が合って、鴇守は咄嗟《とっさ》に後ずさりそうになるのを堪え、傍らに立っている夜刀の腕を摑んだ。

「……こ、ここはどこだ。私はまた、人を食ったのか……」

紅を引いた唇が動き、聞こえてきたのは男性の声だった。

芙蓉の姿を取っているが、意識は秀遠のものなのだろう。やはり、融合してしまっている。

言葉もなく見つめる鴇守と夜刀の前で、美しい顔が歪《ゆが》んだ。

「人を食ったせいで、力が漲《みなぎ》っている。私は食いたくなどないのに、芙蓉のせいで……！」

怒りを露《あらわ》にした次の瞬間、怒らせていた肩がすとんと落ちる。

「いや、違う。芙蓉は悪くない。鬼の妻を娶ったのは私だ。妻を止められぬは、私の不徳の致すところ」

秀遠は妻を庇《かば》い、自分を責めた。

意識が混濁しているようだ。鴇守を瞳に映しながら、見てはいない。

芙蓉とのことしか、頭にないのだ。

鴇守は夜刀の腕を摑んだまま、静かに語りかけた。

「秀遠さま、秀遠さま。俺の声が聞こえますか？　いったい、なにがあったのですか？　秀守さまの手で、比翼塚に封じられたときのことを覚えていらっしゃいますか？」

鴇守の声に気を引かれたのか、今度こそ、本当に目の焦点が鴇守に合わさった。

少しの間、黙って鴇守を見ていた秀遠は、表情に浮かんでいた狂気を消し去り、聡明さが窺《うかが》える落ち着いた口調で言った。

「矢背の、私の血を受け継ぐもの。かなり薄まっているが、私にはわかる。私に正気を取り戻させたのは、お前か」

鴇守は勇気を得て、対話を試みた。

「そうです。俺は矢背の鬼使いで、鴇守と言います」

「鬼使い、か。私と妻が生みだした息子が、その名で呼ばれていた。息子にはつらいことをさせた……。あれからどのくらい経《た》った」

「千年以上のときが流れています。経年による劣化と重なった天災で、比翼塚の封印が解けてしまったようなのです。秀遠さま、なぜにそのような姿になってしまわれたのか、教えていただけませんか」

鴇守が訊ねると、秀遠がなにかしたのか、頭のなかに映像が流れてきた。

びっくりして、夜刀を見上げれば、夜刀も驚いた顔をして鴇守を覗《のぞ》きこんできた。指で頭を示しているので、きっと脳内で同じものが見えているのだろう。

「……」

鴇守は黙って夜刀に頷いてみせ、映像に集中するために目を閉じた。

屋敷のなかで、秀遠は床に伏せっていた。顔色が悪く、やつれているので、病気なのかもしれない。

傍らでは、芙蓉が涙ながらに、秀遠に訴えていた。

『このようなあなたを、もう黙って見てはいられませぬ。鬼に変わってくださいませ。わたくしがすべて、よいようにしますから。鬼となれば、病は消え、わたくしとともに永遠のときを生きられるのでございます』

『すまぬ、芙蓉。私は人間のまま死にたいのだよ。鬼のお前を愛《いと》しく思うが、自身が鬼になりたいと思ったことは一度もない。私をこのまま逝《い》かせてくれ』

芙蓉は床に倒れ伏して号泣したが、秀遠の気持ちは変わらなかった。

場面が変わり、映ったのは元気になった秀遠だった。普通の方法で快癒《かいゆ》したのでないことは、明らかだった。

秀遠の額には、二本の角が生えていた。

息子の秀守は仕方なく、父は病で命を落としたと陰陽寮に報告した。秀守には鬼になった秀遠の姿が見えるし、話もできるけれど、普通の人間には見えなくなっている。

『なんということをしてくれたのだ！　私が鬼になるなど！　死んだと報告されては、もう取り返しがつかぬ！』

秀遠は激怒し、勝手に鬼に変えた芙蓉を詰《なじ》った。芙蓉はいくら詰られても、生きている秀遠が嬉《うれ》しいようで、にこにこと笑っている。

『わたくしのしたことは、間違っていませんでした』

しゃあしゃあと答える芙蓉に腹を立て、連日怒りをぶつけているうちに、秀遠の表情がどんどん険しくなり、人間だったころは温厚だった性格もがらりと変わって、傍若無人《ぼうじゃくぶじん》にふるまうようになった。

やがて、秀遠は空腹を覚え、ついに人間を食べてしまう。その瞬間は意識が飛んで、腹を満たすことしか考えられないようだった。

食べたあとで我に返り、喉《のど》が裂けんばかりに絶叫した。己が力として取りこんだものは、吐きだそうとしても、血の一滴も戻せなかった。

そこにはもはや絶望しかなく、芙蓉への怒りは憎しみに変わっていた。

最愛の夫に憎まれた芙蓉の忍耐も、長くはもたなかった。いくら愛情を注いでも、秀遠から返ってくるのは、口汚い罵倒《ばとう》だけなのだ。

二人は憎み合い、先に暴走した芙蓉が秀遠を食らいにかかり、秀遠も負けじと妻に食らいついた。

血が飛び散り、視界が真っ赤に染まった。

食らい合ったすえに、二人は芙蓉の外見に、秀遠の意識を持つ化け物になっていた。

融合した二人は、本能のままに京の都で人を食うようになる。

ときどきは秀遠の人間だったころの理性が戻って後悔するが、食い殺した人間の死体を見ては絶望し、己を制御できなくなって鬼になった。鬼である時間が増えれば、後悔と絶望の感情さえも薄れていく。

両親の異変は秀守に伝わり、両親を屠《ほふ》る覚悟で、秀守は使役鬼たちを差し向けてきた。

死闘を繰り広げるなかで、息子の声を聞き、理性を取り戻した秀遠は、陰陽師の記憶を掘り起こした。

鬼となった身で術が使えるのかどうかわからなかったが、決死の覚悟で最強の呪を唱え、鬼の本性を縛りつけると、秀守に手伝わせ、自分で自分を封じた。

暗転ののち、ふ、と映像が消え、鴇守は瞬《まばた》きをした。

ほんの数分のことだったと思うが、長い映画を見ていた気分だった。

内容が衝撃的すぎて、言葉が出てこない。夜刀も同じらしく、毒気を抜かれた顔で融合体を見ている。

「封印が解け、私はまた人間を食ってしまったのだな。浅ましいことだ」

「秀遠さま……」

「ここには、芙蓉もいるのだよ。私が暴れるのは、狂った芙蓉が表に出てくるからだ。抑えようとしているが、その狂気に私も引きずられてしまう。芙蓉はもはや、私の言うことに耳を貸さない。私がそうしたのだ。私が刺した鋭い憎しみの刃で、芙蓉も変わってしまった。可哀想《かわいそう》なことをした。だが……」

やりきれない無念を口にした秀遠は、首を振った。

「今さら、なにを言っても詮無《せんな》いことだ。私の人格も、ほどなく消えよう。人を食らいすぎて、正気を保つのが難しい」

秀遠は顔を上げ、鴇守をしっかりと見つめた。容姿は雌鬼の芙蓉でありながら、強い光を放つ瞳には、確かな知性が宿っている。

「鴇守と言ったな。私と芙蓉から生まれし、矢背の末裔たちよ。私を滅せよ。人を食い荒らす化け物になってまで生きたくはない」

こちらへ近づいてくる足音が聞こえた。

振り返らなくても、一人しか心当たりはない。

右恭は鴇守の隣に立ち、指を素早く組み合わせて印を結び、新たな呪を唱え始めた。力強い声が、空気に乗って融合体に絡みつく。

「グ、ウウ……ッ」

静かに佇《たたず》んでいた秀遠が、苦しげな声を出して身を折った。

これが秀遠と芙蓉の最後になるのかと思いきや、秀遠は突然顔を上げ、恐ろしい勢いで片手を右恭に向かって突きだした。

右恭の喉を抉《えぐ》ろうとしたのだ。

呪を唱えている右恭は、身じろぎひとつしない。いや、できない。秀遠を縛るために、それだけの集中力を必要としているのだ。

「夜刀！」

鴇守は叫んだ。

「往生際が悪いぜ、おっさん！　滅せよって自分で言ったんだろう、がっ！」

夜刀は大刀《だいとう》を構え、融合体に向かって振り下ろした。

大刀の刃が身体に触れようとした瞬間、芙蓉の姿が薄れて白い朧となった。空へ飛んで消えようとする朧に絡みついているのは、右恭の呪縛だ。

「ジタバタすんな！」

夜刀が何度も斬りかかったが、ダメージを与えられない。

嵐のごとく暴れる朧は、むくむくとその体積を広げていく。最高潮に膨れ上がった瞬間、パァーンとなにかが弾《はじ》けるような音がした。

「ぐっ……！」

呪を唱えつづけていた右恭の声が止まり、がくりと膝をつく。呪返しを受けたのだろう。

「右恭さん！」

慌てて右恭の隣に跪《ひざまず》き、様子を確かめている間に、融合体は消えていた。

9

右恭《うきょう》は腹のあたりを押さえながら、顔を上げた。鋭い眼差しで、融合体が消えた空間を睨み据えている。

「だ、大丈夫ですか？」

「一応は。呪返しをまともに食らうと厳しいので、式神を身代わりにしたのですが、さすがは秀遠さまですね。式神ではすべてを受け止めきれずに、私にも返ってきました」

平然と答えているが、右恭の息遣いは荒く、額には脂汗《あぶらあせ》が浮いていた。

「右恭さんもさすがです。そんなことができるなんて」

陰陽師の資質をまったく持たない鴇守は、原理もわからないまま、ただ感心して言った。

「駄目だ。逃げられた。どこへ消えてるのか、さっぱり掴めねぇ」

臨戦態勢のまま感覚を研ぎ澄ませ、融合体の行方を追っていた夜刀が、苛立《いらだ》たしげに足を踏み鳴らした。

右恭が立ち上がろうとしたので、鴇守は肩を貸してそれを助けた。

「秀遠さまから事情を訊きだそうとしたら、頭のなかに映像が流れてきたんです。二人がどういう経緯であんな姿になったのかがわかりました」

「呪で縛っていたからでしょうか、私にも同じものが見えていました。まさか自分で自分を比翼塚に封じていたとは。しかし、自縛するだけで精一杯で、夫婦揃って消滅するまでには至らなかったようですね。あるいは、妻を滅したくなかったのか」

秀遠の口ぶりからは、妻への愛情と憎しみが混在しているように見えた。鬼に変えられたことを憎みながら、捨てきれない愛情が残っている。

それが夫婦というものかもしれない。とても複雑で、他人には踏みこめない領域がある。

鴇守は暗澹《あんたん》とした思いで呟いた。

「芙蓉さまはもう狂ってしまったのでしょうか。なんとかして、理性を……」

取り戻すことができれば、と鴇守は言いかけて、黙った。取り戻したとしても、千年前と同じことを繰り返すだけだと気がついたのだ。

秀遠は滅されることを望んでいて、鬼となって芙蓉と生きることを今でも選んでいない。

「愛する夫と一心同体にはなったものの、秀遠さまの自我が残っているだけに、完全に同化はしきれなかった。人間として死にたいという、秀遠さまの意志は固い。永遠に理解し合えないとわかって狂ったのだとしたら、なにをしても救えないでしょうね」

「……苦しいですね」

「夫婦喧嘩《げんか》の巻き添えを食って、食べられてしまった人間たちのほうがもっと痛くて苦しかったでしょう。同情は禁物です」

感傷に浸りかけた鴇守をぴしゃりと叩《たた》き、右恭は言った。

「私の呪を跳ね返した力は正直、予想外でした。強化しておいた式神が、叩き壊された。次回、必ず仕留めるための対策を練らなければ」

先を見据えたうえでの、敗北宣言であった。

サッカー場の空が白々と明けてきて、三人は旧屋敷に戻ることにした。

車に向かって歩いている途中で、右恭が身を屈《かが》め、細かく砕けた石の欠片《かけら》を拾った。身代わりとして呪返しを受けた、式神である。

黒猫のように、仕事をさせるときは肉体を持たせ、それ以外のときには、丸い石に入れていると聞いた。

鴇守が知っているだけで、右恭の式神は黒猫、狼《おおかみ》、狐《きつね》、男性人型と四体いたけれど、石の欠片を見ても、どれが砕けたのかはわからない。

修復師が使役する式神のことを、あれこれ訊くのは失礼なことだそうなので、鴇守は黙って右恭が石を回収するのを見ていた。

車に乗りこんでも、三人ともほとんどしゃべらなかった。

秀遠が見せてくれた映像は、それぞれに大きな衝撃をもたらしていた。

秀遠と芙蓉の夫婦も、鴇守と夜刀のように、鬼になるかならないかで意見の相違があった。

結局、芙蓉が強引に鬼に変えてしまい、秀遠はおかしくなった。

「……」

秀遠の額に生えた角を思い出して、鴇守は身震いした。無意識のうちに手が額を押さえ、平らであることを確認している。

鬼に変えられた人間を、目の当たりにしてしまった。秀遠のような精神的に強そうな男でさえ、空腹には勝てず、人間を食べた。

つまり、後天的な鬼であっても、人間の血肉を美味《おい》しそうだと感じる鬼の本能は付与されていたことになる。

鴇守は両手で顔を覆い、指の隙間からちらりと隣に座る夜刀を見た。

ふてぶてしい態度はいつもどおりだが、表情は険しく、なにかを考えこんでいる。夜刀は決して愚かな鬼ではない。

秀遠と芙蓉の融合体は、本人の承諾なしに無理やり鬼化を進めた場合の失敗例だ。

芙蓉がどれだけの愛情を示しても、秀遠からの愛は返らなかった。秀遠は病で落としかけていた命を、鬼化することで拾ったが、本人としては痛かろうが苦しかろうが、衰えるままに死にたかった。

死から遠い場所にいる鬼の芙蓉は、人間には死ぬ以上につらいことがあると気づかなかったのだ。

夜刀も気づいていなかったのかもしれない。

鴇守自身でさえ、明確に理解していたとは言いがたい。現実は想像をはるかに超える残酷さであると、まざまざと思い知らされた。

話し合わなければいけないときが来ていた。

京都《きょうと》に来てから、融合体との戦いや鬼退治に時間を取られ、うやむやにしたまま、二人して話し合うことを避けていた。

これでは、秀遠と芙蓉の二の舞になる。

鴇守の答えはひとつしかない。迷う余地すらなかった。

車を降りて途中で右恭と別れ、コテージに戻ってきた鴇守たちを、黒猫が迎えてくれた。

粉々に砕かれたのはべつの式神だったようだ。式神は右恭が思念を練り上げて作ったものだから、砕かれても作りなおすことができる。

鴇守が知るかぎり、この黒猫は二代目だ。このコテージで一ヶ月以上も一緒に暮らしているので情が湧いている。

三代目にならずにすんでよかったと思いつつ、鴇守は擦り寄ってきた猫の頭を撫でた。

ひとしきりかまってもらうと気がすんだのか、にゃあ、と小さく鳴いてコテージの外へと出ていってしまう。

鴇守が夜刀と二人になりたいと思っていることを、悟ったようだ。

報酬兼、鴇守を人間に戻すための手段として、夜刀に鴇守の精液を吸いださせているときも、黒猫はいつの間にか姿を消し、頃合いを見計らって戻ってきた。すべてを見通されているのは恥ずかしいが、直接行為を見られるほうが恥ずかしいので、助かっている。

尻尾をぴんと立てて歩き去る優美な後ろ姿を見送ってから、鴇守は簡易キッチンの冷蔵庫からミネラルウォーターのペットボトルを取りだし、直接ボトルに口をつけて飲んだ。

夜刀はリビングと寝室の間を行ったり来たりしている。勘のいい鬼だから、鴇守がこれから話そうとしていることを察して、落ち着かないのだろう。

鴇守はペットボトルを冷蔵庫に戻し、リビングに向かって歩きながら口を開いた。

「夜刀」

「お、おう」

「鬼になってあげられなくて、ごめん」

振り向いた夜刀の目を見つめて、謝った。

「……」

夜刀は目を見開いたまま、なにも言わなかった。

もらえると信じていたプレゼントが、もらえなかった子どものような、呆然《ぼうぜん》とした表情に胸が痛む。

「お前が俺を勝手に鬼に変えようとしたってわかったとき、怖かったし、腹が立った。それ以上に裏切られたと思って傷ついたんだ。でも夜刀だって、俺に拒否されて傷ついたよな。お前は俺とずっと、永遠に一緒にいたくて、一生懸命その方法を考えたのに」

「鴇守、あのな」

話そうとする夜刀を遮って、鴇守はもう一度言った。

「でも、ごめん。俺はやっぱり鬼にはなれない。なりたくない」

何度も繰り返し、夜刀に訴えつづけてきた言葉だが、心が決まったせいか、声にはっきりと決意が表れていた。

誰の意見にも左右されない。夜刀に抱く愛情と罪悪感を以《もっ》てしても、鴇守の気持ちを変えることはできない。

たとえ、夜刀が理解してくれなくても。

「あいつらみたいな化け物になっちまうかもしれないからか？　あのおっさんが鬼の女房を憎んだみたいに、俺を……」

夜刀の声は、喉を締めつけられているかのように苦しげだった。

人間を食べてしまった秀遠が芙蓉に向けた憎しみの深さは、過去の映像だとわかっていても、背筋がぞっとした。あのとき、秀遠は人間としての尊厳を奪われたのだ。

鴇守は、だらりと下に垂らされた夜刀の腕に触れ、そっと揺すった。

「その不安はもちろんある。でも、それだけじゃない。恐怖だけじゃないんだ。俺は人間だ。鬼の末裔で鬼使いだけど、ほとんど人間なんだ。だから、いずれは死ぬ。鬼のお前を愛してるし、一人残されるお前を可哀想に思うけど、俺にも曲げられないものがある。俺には鬼使いとしてやるべき義務がある。それはお前という使役鬼がいてこそ可能なことだ。お前以外の鬼を使役鬼にするなんて考えられない。俺は鬼使いとして生きて、寿命を受け入れて死んでいきたい。だから、お前にはそれを見守ってほしい。俺の一生を」

「……お前っ！」

夜刀の表情がさっと変わり、長い牙が唇から飛びでた。

酷いことを言っている自覚はある。夜刀の怒りはもっともだ。夜刀のために鴇守が譲歩している部分はひとつもない。

ただ、鴇守の希望のみを押し通そうとしている。

だが、これが鴇守の正直な気持ちで、鴇守が一番鴇守らしく生きることができる唯一の選択であった。

その代わり、鬼に変わる以外のことなら、夜刀の我儘《わがまま》は可能なかぎり聞いてやりたいと考えている。

憤怒から困惑、悲哀へと夜刀の顔が変わっていく。もの言いたげに口を動かしているのに、言葉は出てこない。

鴇守は摑んだままだった夜刀の腕を、もう一度揺らした。振り払われないのが、不思議なくらいだった。勝手なことを言うなと怒鳴られて当然だ。

鬼というものは、己の欲望に忠実で、感情の赴くままに行動する性質を持っている。

夜刀の稀有《けう》なる忍耐強さと、それを成さしめている鴇守への愛情の深さに、胸が詰まりそうだった。

「夜刀も、なにか言いたいことがあるなら言って。怒ったっていいんだ」

夜刀は一度、鴇守から顔を逸《そ》らし、あちこちを見て、深い呼吸を何度か繰り返した。

恨めしそうに眉根を寄せ、何度か口を開きかけたが、声が出る前に閉じられてしまう。

鴇守は待った。それしか、鴇守にできることはなかったから。

やがて、夜刀は大きなため息をつき、鴇守を抱き締めてきた。

「夜刀……」

「怒りはしねぇよ。三日三晩、お前を眠らせずにねちねち説教したいけど、なんにも言えねぇ。だってお前、もう決めちまってる」

「……うん」

そうだ。鴇守の心は定まっている。

こんなにも愛してくれる夜刀を置いて、先に死んでいくことを選んだ。一緒に生きる道ではなく、別れを選んだのだ。

「それでも、もし、俺が我慢できずにお前を勝手に鬼に変えちまったら、眼鏡《めがね》野郎のところに行くのか」

　鴇守は首を横に振った。

「いや。右恭さんは、俺が鬼に変わってしまっても、人間に戻すすべがあるって言ってた。お前と永遠に決別することが条件だけど。でも、右恭さんには頼まない。お前と永遠に決別してまで、人間に戻って生きたいとも思わないんだ、俺は」

「じゃあ、どうするんだ」

「星合《ほしあい》さんに頼んでみる」

「あの退魔師か？」

「うん」

　星合豪徳《ごうとく》は鬼や魑魅魍魎《ちみもうりょう》、悪霊などを狩ることを生業《なりわい》にしている退魔師で、去年、ふとしたことから知り合った。

　鬼とは狩るべきものという使命に基づき仕事をしている退魔師は、鬼を使役して便利に使う矢背一族を忌み嫌っている。だが、星合は面倒見がよくて、鬼使いの才能がなくて悩む鴇守にいろいろアドバイスをくれ、心配してくれた。

　彼なら、鬼に変わった鴇守を退治してくれるだろう。情が篤《あつ》い彼だからこそ、滅されたいと願う鴇守の気持ちを汲《く》んで、綺麗《きれい》に消してくれるだろう。

「退魔師に消されて、それでいいのか」

　夜刀の顔は見えないけれど、掠れた声が痛々しい。

「消してくださいって、俺が頼むんだよ」

「お前を消したら、俺があいつを殺してやる」

「そんなことしても無駄だよ。俺はもう戻らない」

「なぁ、鴇守。どうしても、鬼にはなれないのか。俺を選んでくれないのか」

　鴇守は夜刀の背中をそっと抱いた。

「俺はお前を選んでる。選んでるから、そうするんだ。お前を憎みたくない。お前だけを永遠に愛していたい」

「……っ」

　夜刀の声なき慟哭《どうこく》を、鴇守は聞いた。

　これで、夜刀は絶対に、二度と勝手に鴇守を鬼に変えようとはしないだろう。

　憎まれてもいい恨まれてもいいから、一緒にいたいというエゴは、覚悟を決めた鴇守には通用しない。

　鴇守はどんなことをしても、人間として死ぬ。夜刀がどれほど、悲しもうとも。

　そうまでして、夜刀を愛する気持ちを守ることが正しいのか、間違っているのか、鴇守にはわからない。

激情を堪えている夜刀が可哀想で、鴇守の瞳に涙が溢《あふ》れた。

自分に泣く資格などない。泣きたいのは夜刀のほうなのに、実際に別れがくるときは、もっと何十年も先のことなのに。

そう思っても、泣けて泣けて仕方がなかった。

ぽろぽろと涙を流し、洟《はな》を啜《すす》ってはしゃくり上げる鴇守の背中を、夜刀は優しく擦《さす》ってくれる。鴇守が子どものころから、慰めてくれるのは夜刀だった。

「泣くなよ、鴇守。お前に泣かれると、どうしたらいいかわかんなくなる。俺にできることなら、なんでもしてやりたくなるんだ」

「ううっ」

夜刀の声には落ち着きが戻っていて、鴇守はいっそう激しく泣いた。

思えば、鴇守が怖がって泣きじゃくるから、夜刀は二メートル近い身長を五年がかりで十センチにまで縮めてくれたのだ。

生まれたときから死ぬまで、鴇守は夜刀の愛情に包まれている。夜刀がいてくれるかぎり、寂しさを感じることがない。

独りぼっちの孤独を、鴇守は理解しないまま死んでいく。なんと幸福な人生であろう。

夜刀だけが、残されて。

——ごめん、夜刀。ごめんな。

鴇守は心のなかで夜刀に謝った。

とてもじゃないが、声に出しては言えなかった。罪悪感から零《こぼ》れた鴇守の謝罪など、夜刀の苦しみを思えば、あまりに軽々しい。

夜刀は両腕で、痛いくらいに鴇守を掻《か》き抱いている。このままひとつに溶け合えればいいのにと思っているかのように。

10

翌日の夕刻、鴇守《ときもり》と右恭《うきょう》は、融合体と接触したときの様子を、正規《まさのり》たちに報告した。

秀遠《ひでとお》と芙蓉《ふよう》がなぜ融合体となってしまったのか、重すぎる鬼の愛が人間の秀遠を壊し、すべてを狂わせたことを知って、誰もがショックを受けたが、どうすることもできなかった。

ああなってしまった以上、融合体を滅するか、再び封じるしか、救いの道はないと右恭は判断していた。

融合体への対処が最優先だが、同時に、波が押し寄せるかのごとくに人間界へと出てくる鬼たちの退治も急がねばならない。

こちらの世界に鬼が増えているのは、融合体が人間界と六道《ろくどう》の辻《つじ》を行き来するときに、二つの世界の境にある障壁を壊しているのだろうと推測しているが、実際、どのような状態になっているのかはわからない。

そこで、危険は承知のうえで、二名の修復師《しゅうふくし》が六道の辻へ行って様子を確かめることになった。修復師たちは藤嗣《ふじつぐ》の使役鬼、赤烏《せきう》と、季和《きわ》の使役鬼、むらくもを護衛にし、藤嗣と季和は人間界にいながら、それぞれの使役鬼と同調することで、障壁の悲惨なありさまを目の当たりにした。

障壁とは時空を隔てるもので、物理的な壁ではなく、修復師のような視《み》る才能を持っているものでなければ見えない。

「私たちにも使役鬼にも障壁そのものは見えないの。どんなふうに壊れてるかもわからないけど、鬼たちがあちこちから出てきて列をなして歩いていくのよ、人間界に向かって！　あんなの、いくら退治してもきりがないわ。修復師が言うには、大破した障壁を修復するのに何十年もかかるだろうって。どうすればいいの」

対策本部の指令室で、季和が頭を抱えた。

全国的に鬼が増えすぎて、矢背《やせ》の鬼使いだけでは対処しきれず、退魔師《たいまし》や陰陽師《おんみようじ》といった鬼を視て祓《はら》える力を持つものたちも、鬼の相手にかかりきりの状態らしい。

鴇守と夜刀《やと》も連日鬼退治に駆けずりまわっていた。

人間界に出てきた鬼は大抵が個別に動き、鬼退治の不穏な空気を察すれば、自衛のために逃げ隠れする。それを見つけだすために、鬼を惹《ひ》きつける力を持つ鴇守が何度も囮《おとり》になった。

鴇守に釣られてのこのこ姿を現した鬼たちを集め、ある程度、数がまとまると、隠れていた夜刀が躍り出て一掃する。

鴇守とほかの鬼の目が合っただけで浮気扱いする夜刀だから、鴇守が鬼を集めているときに嫉妬《しっと》のあまり、隠れているところから殺気を噴出させ、それに気づいた鬼が逃げてしまうこともあったが、この方法が一番確実で効率がよかった。

鬼たちは例外なく、鴇守の放つ魅力にころりと落ちた。

落ちたはいいが、鴇守が鬼使いだと知るや、自らの血を差しだして契約を迫る鬼や、より多く鴇守の歓心を買おうと、鬼同士が喧嘩《けんか》を始めて殺し合いに発展するときもあるので、気が抜けない。

鴇守はへとへとに疲れてコテージに戻り、数時間だけでもベッドで休んでいるが、夜刀はその間も一人で狩りつづけている。

夜刀の負担が大きいことを詫《わ》びれば、笑い飛ばされた。

「鴇守に群がってくるクソ鬼どもを一匹でも多く減らすためなら、一日二十四時間の労働なんざ、屁《へ》でもないぜ。クソ鬼退治はむしろ、俺の趣味みたいなもんだ。お前に色目を使う鬼どもを斬《き》って塵《ちり》に変えてやると、スカッと爽《さわ》やかな気分になるんだよ。だから、気にしないでお前は休んどけ」

鴇守に拒絶されたことなど感じさせないもの言いである。

優しくされればされるほど、なんとも言えない重苦しさで胸が満ちてきて、せめて報酬は弾《はず》もうと鴇守は思った。

右恭の呪縛《じゅばく》を破って逃げたあと、融合体は一度も姿を現していなかった。

今後の作戦を立てるため、指令室には、東北《とうほく》、中部《ちゅうぶ》、関東《かんとう》、関西《かんさい》、九州《きゅうしゅう》の支部長たちが集まっている。

正規と三春《みはる》、右恭はまだ来ていない。

鴇守は正規の隣に用意された椅子《いす》に、ちんまりと座って待っていた。

会議には何度も出席しているが、これまで正規の近隣の席は藤嗣や季和など側近で埋められていて、鴇守は右恭とともに少々離れた位置だった。

融合体との対話を果たしたことで、夜刀の主《あるじ》という要素だけではない、鴇守自身に次期当主の力量ありと全員に認められた結果であろう。

呼びかけたら幸いにも応えてもらえただけで、戦闘は夜刀任せ、陰陽道の術は右恭任せで、鴇守には自分の功績だという意識はなかったから、据《す》わりが悪くて尻《しり》がむずむずした。

いつもそばにいてくれる夜刀は、昨夜、四条大橋《しじょうおおはし》のあたりに鬼が出たと報《しら》せを受けて、一人で鬼退治に向かった。

鴇守が休んでいる間に夜刀が動くのはともかく、鴇守と別々の場所で、それぞれの仕事をするというのは珍しい。

別行動するのと、一緒に会議に出たあと二人で現場に向かい、鴇守による囮作戦を決行するのとどちらがいいか、夜刀に選ばせたら、究極の選択だったらしく、かなり悩んだすえにこうなった。

夜刀を連れていようがいまいが、そのことについて鴇守に意見してくる鬼使いはいない。

ドアが開き、正規が姿を見せると、騒《ざわ》めいていた部屋はしんと静まった。

三春の後ろから入ってきた右恭は、鴇守を見て小さく頷《うなず》いた。布に包まれたなにかを持っている。

それこそが、鬼退治のために各支部へと戻っていた支部長たちに、緊急招集をかけた理由である。

各地の状況報告が終わり、正規に促されて右恭が立ち上がった。

「新しい鬼封珠《おにふうじゅ》が完成しました」

取り払われた布の下から現れたのは、虹色に輝く水晶玉だった。直径十センチほどだろうか、通常の鬼封珠より大きい。

美しく、宝石としても充分に価値のあるその水晶玉が、鬼を封じこめる檻《おり》になる。

「かつて秀遠さまが作られた鬼封珠は、鬼を封じこめるためのもので、術者が術を解けば、鬼は鬼封珠から解放され、復活します。しかし、私が作ったこの新たな鬼封珠は、融合体を封じるのに特化したもので、一度封じてしまえば、術を解く方法はなく、封じられた融合体は時間をかけて消滅していきます」

おおっ、と鬼使いたちから歓声が漏《も》れた。

「消滅するまで、どのくらいかかる。比翼塚《ひよくづか》のように天災によって封印が弱くなることもある。融合体の封印後、消滅するよりも前に、その鬼封珠がなんらかの理由で物理的に割れてしまった場合はどうなるのだ」

正規が右恭に訊《たず》ねた。

「消滅までの時間は、最短でひと月程度とみています。融合体の状態によっては、もう少しかかるかもしれません。封じる際には、私が鬼の力を奪う呪を唱えます。鬼封珠が割れても融合体が出てくることはありません」

「先日は呪縛を跳ね返されたと言っていたが、縛れるか」

「普通に呪を唱えるだけでは無理です。さまざまな準備が必要となります。封じる場所はやはり、御影山《みかげやま》が最適だと考えます。千年、檻の役目をした山ですから」

右恭は融合体を鬼封珠に封じるための作戦を説明した。

比翼塚のあったところが好ましいが、破壊されたまま整備が追いついていない今はそこまで登ることができないので、麓《ふもと》に近く、樹々が生えていない平らな場所の土中に鬼封珠を埋めこんで隠しておく。

融合体が出現したら、使役鬼たちで取り囲み、六道の辻への逃亡を防ぎつつ、御影山まで移動させる。

目的地に誘いこめれば、あらかじめ、周囲に潜んでいた修復師たちが結界を発動させ、融合体を呪で縛り、右恭が封じる。

「融合体が逃げるときは一瞬だ。それを引き止めながら、うまく誘導できるのか」

藤嗣が懐疑的に首を傾《かし》げた。

「先日、我々が接触したとき、融合体は鴇守さんに気づくと同時に襲いかかってきました。人間を食べようとする行動で、逃げたら追いかけてきたのです。今度も、鬼使いたちが囮となって融合体の意識を引きつけながら先導すれば、追いかけてくる可能性は高いでしょう」

右恭の案に、鬼使いたちは息を呑《の》んだ。

「出現場所が御影山から離れていたら、かなりの距離を移動することになるわよね」

季和が言った。

「はい。融合体の意識を逸《そ》らさないように、注意してください」

「つまり、私たちは融合体の手が届きそうなところで、餌《えさ》はここにあるわよ、って誘わないといけないわけなの？」

「そうなります」

右恭は表情を変えずに、季和を、鬼使いたちの顔を順に見た。

右恭と目が合って、鴇守は二度、瞬《まばた》きをした。融合体の触手のようなものが伸びてきて、顔の近くを掠《かす》めたときの風圧を思い出していた。

あれは恐ろしい。摑《つか》まれば間違いなく食い殺される、まさに命がけの囮である。

だが、囮となる鬼使いたちも、主を守りつつ融合体と戦う使役鬼たちも、待ちかまえて術を行う修復師たちも、みな一様に危険極まりない役割で、安全な持ち場などひとつもない。

「やるしかなさそうね」

引きつった顔をした季和に、右恭は頷いた。

「あれほどの力を持ってしまったものを、容易に封じる方法はないのです。ある程度の犠牲は覚悟のうえで、挑まねばなりません」

「むろんだ。我々には退《ひ》くという選択はない。ここで一族郎党死に絶え、矢背家の歴史が終わろうとも、あれは封じなければならない」

正規は断固として言いきった。

異を唱えるものはいなかった。


四日後の夜半、融合体が姿を現し、作戦は決行された。

犠牲者を少なくするために、五体の使役鬼たちが出現場所まで単独で先行して、融合体の相手をする。

その間に囮役の鴇守と正規、藤嗣、季和が、それぞれの使役鬼に運んでもらって現場へ移動し、先行の五体の鬼の主たちは、車で急行する手筈《てはず》になっていた。

鬼使いは全員、修復師たちが呪を刻んで作った対鬼用の武器を所持している。使役鬼が殺されてしまっても、鬼使い自らが戦う心積もりなのである。

屋根の上を跳んで移動する夜刀にしがみつきながら、鴇守は言った。

「夜刀、大変だと思うけど、頑張ってくれ！　きっと、これが最後の作戦になる。お前にできなかったら、どの鬼にもできない。秀遠さまと芙蓉さまを休ませてあげたいんだ」

「そりゃ、頑張るけどよ。お前が危険な目に遭いそうになったら、お前を連れて戦線離脱していいか。いいよな。だって俺はお前が一番大事だし」

「駄目！」

鴇守は声を張り上げた。

「えー。今さらだけど、俺は囮作戦には反対なんだ。いやでいやで、たまんねぇよ。このままどっかに逃げたいくらいにいやだ。お前も怖がってるじゃねぇか。眼鏡《めがね》野郎はなんだってお前を危険な目に遭わせようとするんだ」

夜刀はスピードを緩めず、息もきらさないで、ひとしきり文句を言っている。この作戦を伝えたときから、そうだった。

「俺だけが危険なわけじゃない。みんな危ないんだ。みんな命を懸けてる。怖いけど、俺たちは矢背の鬼使いだ。俺たちがやらなきゃいけない」

「俺はお前の使役鬼だから、お前の命令には従うけどよ。思えば、鼻が捥《も》げそうなあいつの臭《にお》いは、鬼と矢背の血が混ざって腐った臭いだったんだ。やっとわかった。人間でも鬼でもない化け物に変わると、あんな臭いになるんだな。すっかり汚れちまって……」

夜刀の言葉は、最後のほうは独り言のようだった。

人間を食べることで、秀遠の持っていた人間性というものが腐ってしまったのだと、鴇守は理解した。芙蓉と深く混ざり合っているがゆえに、人食いの本能が切り離せず、穢《けが》れを清浄する方法がない。

芙蓉もまた、夫への愛と憎しみに狂い、自分を見失ってしまった。

鴇守たちにできるのは、鬼封珠に封じ、徐々に力を削って消滅させることだけだ。

現場に近づくにつれ、融合体の怒号が風に乗って届いた。人間たちが恐怖に逃げ惑う声や、なにかが壊れる物音も。

夜刀は電信柱の上に、片足で器用に立った。

首を曲げて見下ろせば、融合体の周りを四体の使役鬼が取り囲み、人間を襲いに行こうとするのを防いでいた。

五体いるはずが、一体減っている。すでにやられてしまったのかもしれない。

「出てくるときはいつも白い靄《もや》なのに、今日は雌鬼の姿になってやがる」

「あ、本当だ」

月明かりに照らされているのは、着物姿のほっそりした美しい女性である。頭に被《かぶ》った被衣《かずき》が、二本の角を覆い隠している。

その足元に、三人の男性が折り重なるように倒れているのが確認できた。地面には大きな血だまりができていて、彼らが生きているとは思えなかった。

融合体の細く白い腕が伸び、青い肌をした一本角の使役鬼を摑んで、無造作に地面に叩《たた》きつけた。コンクリートが割れ、使役鬼の身体《からだ》がめりこむ。

高らかに上がった笑い声は、女性のものだった。

「あのおっさん、ついに女房に押し負けちまったか」

「……わからない。負けたとしても、なかにはいるはずだ。呼びかけたら、出てきてくれないかな。少しだけでも、芙蓉さまの意識を抑えてくれたら」

「鴇守くん！」

数メートル離れた民家の屋根に、使役鬼のむらくもに抱かれた季和がいた。正規とあかつき、藤嗣と赤烏も到着したようだ。

「夜刀と俺が近づいて、呼びかけてみます！　季和さんたちはあまり近づかないでください」

融合体の笑い声に負けないように、鴇守は叫んだ。

先ほど、コンクリートに叩きつけられた使役鬼は、融合体に踏みつぶされ、塵となって消えていくところだった。

主の鬼使いが乗った車は、まだ着いていない。

「夜刀、近くまで下りてくれ」

「おう」

夜刀は地面に下り立ったが、抱えた鴇守を離そうとはしなかった。

「秀遠さま、出てきてください！　矢背の鴇守が来ました。もう一度、話を……っ！」

融合体が踏みこむ動作もなく飛んできて、夜刀は大きく後ろに下がって距離を取った。人間の反応速度では、とても避けきれない。

「あっぶねぇ！　油断も隙《すき》もねぇな。いや、油断してねぇし、隙も見せてねぇけどよ」

「俺がわからないのですか、秀遠さま！」

鴇守が声を張り上げると、融合体がまた飛んできた。

駐車場のフェンスをなぎ倒し、停車してあった数台の車のガラスが割れ、車体も大きくへこんでいる。近くの民家の窓が開き、惨状に気づいた住人がけたたましい悲鳴を上げた。

その悲鳴のほうへ融合体が向かおうとするのを、がっちりした体格の使役鬼が身体を割りこませて防いだ。

激怒した融合体の腕が使役鬼を貫き、血が勢いよく噴き上がる。逃げようともがく使役鬼に、とどめが刺された。

「あのおっさんはもう無理なんじゃねぇか。あれだけ荒ぶってる女房をなだめるなり押さえこむなりして主導権を握るなんて、並大抵じゃないぜ」

鴇守を守る体勢を崩さずに、夜刀が言った。

秀遠に協力してもらえれば、被害を少なくできるかと思ったが、やはりそううまくはいかないらしい。

「仕方がない。このまま、御影山に誘導しよう。できるだけ、人がいない道を通ってくれ」

「わかってる！」

「秀遠さま、芙蓉さま！　こっちです！」

融合体の気を逸らさないように、鴇守は大声で秀遠と芙蓉の名を呼んだ。

表面に出ている芙蓉の意識が秀遠に切り替わることはなく、芙蓉が正気を取り戻す気配もなかったが、呼べば必ず鴇守に手を伸ばそうとした。

それを、夜刀がぎりぎりでかわす。

そうやって鴇守と夜刀が先導し、途中で不幸にも行き合わせた人間に、融合体が襲いかかろうとすると、残った二体の使役鬼が身体を張って防いだ。

御影山までの道のりは、気が遠くなるほど長かった。

二体の鬼は道半ばで、塵となって消えた。五体すべてが、主の到着を待たずに死んだことになる。

感傷に浸っている暇はなかった。

そのあとは、季和と藤嗣の使役鬼が頑張ってくれた。それぞれに主を腕に抱えているので、全力では戦えないが、上手に攻撃をいなしている。

正規とあかつきは不測の事態に備え、しんがりで距離を取っていた。あかつきは戦闘力では夜刀に劣るが、正規の頭脳があれば、強力な砦《とりで》となるだろう。

歴戦の鬼使いと使役鬼のサポートがあることを心強く思いながら、鴇守は叫びつづけていた。喉《のど》が痛くて渇いていて、一滴でいいから水が飲みたかった。

夜刀の首にしがみついている腕も疲れてしまって、ただ添えているだけだ。

「苦しいか、鴇守。あと少し我慢しろよ。御影山はもう見えてるから」

「うん、うん……！」

鴇守は最後の気合いを入れた。

修復師たちが待っている場所まで連れていけば、あとは右恭がなんとかしてくれる。

民家が少なくなり、矢背の旧屋敷の敷地に入った。ここを通り抜けたら、御影山はすぐそこだ。

山の麓《ふもと》で、夜刀は逃げるスピードをいったん緩め、融合体が追いつくのを待った。

「ひ、秀遠さま……、芙蓉さま……！」

融合体は雄叫《おたけ》びをあげ、夜刀と鴇守に飛びかかってくる。

ひょいっと夜刀が避けたところに、融合体が前のめりに突っこんだ。

そこが、ゴールだった。

護摩壇《ごまだん》の炉に火が点《つ》けられ、炎が燃え上がる。

樹々の後ろに隠れていた修復師たちが、呪文の詠唱を開始した。結界が発動し、融合体の身体を呪で縛り上げていく。

グァァッ！

唸《うな》り声をあげてもがく融合体の頭から、被衣がはらりと落ちた。

露《あらわ》になった顔は苦悶《くもん》に歪《ゆが》み、美しくもおぞましい。底光りする目が護摩壇の火の赤を映し、異様な輝きを放っている。

夜刀は大木の陰に隠すように、鴇守を下ろした。

「大丈夫か、鴇守。どこも怪我《けが》してないな？」

「……っ」

鴇守は唾液《だえき》を飲みこんで喉を潤しつつ、無言で頷いた。

周りを見渡せば、正規と藤嗣、季和が離れた位置で、それぞれの使役鬼を従わせて立ち、呪《じゅ》法《ほう》が行われるのを見守っていた。

御影山を警備していた鬼使いと使役鬼の姿も見える。そのうちの一人――関西支部所属で、徹三《てつぞう》という名だった――が、正規に駆け寄ってなにかを耳打ちした。

「なんだろう」

切迫した様子が気になって、鴇守はじっと二人を見てしまった。

「支部長やってる鬼使いのおっさんたちが、車での移動中に鬼の群れに遭遇して戦闘中なんだってよ」

鬼の耳で聞き取った夜刀が、こっそりと鴇守に教えてくれた。

「鬼の群れ？　それで？」

「融合体の誘導に成功したら、支部長の使役鬼たちは役目を終えたことになるから、自分たちのところへ呼んでもいいか、当主に確認を取ってくれって頼まれたらしい」

「……」

鴇守は黙りこんだ。彼らの鬼は、すべて消えてしまった。

正規が首を横に振り、不可能だ、と答えたのが、口の動きでわかった。

徹三もそれで察したのだろう、正規の前から下がり、結界のなかで呪から逃げようと暴れている融合体を憎しみのこもった目で睨《にら》みつけた。

融合体がそれに気づき、視線を向けた。

「この人食いの化け物め！」

徹三が罵声《ばせい》を浴びせると、融合体は口を大きく開けた。空気を大量に吸いこんでいる。

「あ、ヤベッ」

夜刀が慌てて鴇守を抱え、樹々の隙間から空高く飛び上がった。

キエーッ！

融合体が凄まじい声で叫ぶと同時に、山の一部が吹き飛ぶのを、鴇守は上空から声もなく見ていた。

地上では結界が破られ、鬼使いや修復師たちが倒れている。

うだ。

「う、右恭さん！」

焦って叫んだ鴇守の耳に、詠唱が聞こえてきた。右恭の声と、ほかにも数人は残っているよ
だが、結界はその役目を果たしていないだろう。

「助けにいかないと！　夜刀、右恭さんが踏ん張ってる間、融合体を押さえられるか？」

「お前がやれって言うなら、やるけど」

「やれ！」

「その前にお前を安全なところに隠しておかねぇと」

「安全なところなんか、ないよ！」

「それもそうか。俺の目に見える場所にいたほうが、いいかもな。なんかあったら、すぐに連れて逃げられるし」

鴇守は両手で夜刀の顔を挟み、真っ直ぐに目を見て言った。

「逃げないで戦うんだってば！　死んでも戦って、秀遠さまと芙蓉さまを鬼封珠に封じるんだ。それが俺たち矢背一族の不退転の決意なんだから。そうしなければ、被害が広がって、人間がどんどん食べられ殺されていく。融合体をなんとかしないと、六道の辻の障壁を修復することもできないんだぞ。この世はめちゃくちゃだ。ここから逃げだして、お前と俺だけが平和に暮らせるわけがない」

「鴇守……」

「ほら、夜刀！　早く俺を右恭さんのそばに下ろしてくれ。俺が右恭さんを守る！」

「しょうがねぇな」

夜刀はしぶしぶ頷き、地上に下りた。

護摩壇は粉々になっていたが、周囲のいくつかの灯火はまだ燃えて、雲が月を隠す暗い夜の貴重な光源となっていた。

地面に転がった烏帽子《えぼし》の向こうに、結跏趺坐《けっかふざ》を組んだ右恭がいた。

修復師の正式な衣装である狩衣《かりぎぬ》に身を包み、呪を唱えている。融合体の爆風で傷ついたのか、顔や手は血に塗《まみ》れていた。

右恭の隣には、彼の人型式神が併せて詠唱しており、狼、狐、黒猫の式神が融合体に対して身構えている。

「うおりゃ！　ちったぁ、おとなしくしやがれ！」

大刀《だいとう》で斬りかかっては逃げられてしまうと思ったのか、夜刀が素手で融合体に組みついた。

融合体は身幅が夜刀の半分ほどしかない、華奢《きゃしゃ》な女性の姿である。なのに、振り解《ほど》かれて投げられたのは、二メートル近い大鬼の夜刀だった。

「夜刀！」

鴇守は思わず叫んだ。夜刀が投げられる姿を初めて見た。

詠唱をつづける修復師に狙《ねら》いを定めた融合体に、あかつき、赤烏、むらくもが飛びかかる。

「鴇守くん、かまえて！」

緊迫した季和の声が耳に飛びこんできて、鴇守ははっとなった。

「鬼たちが集まってきてるわ。融合体に引き寄せられたのかもしれない！　どこから来るのかわからないから、気をつけて！」

「は、はい！」

見れば、季和はその手に銃を握っていた。

鬼使いのほとんどが、対鬼用の武器として選んだのは銃だった。鬼に近づかずとも、遠くから撃てるからだ。射撃の訓練も積んでいるという。

銃など握ったこともなく、射撃の訓練をしてみるかと訊《き》かれたこともない鴇守は、愛用の千《ち》代丸《よまる》を取りだし、鞘《さや》から抜いた。

もともとは契約儀式に使う道具で、接近しないと斬れない短刀だが、もはや鴇守専用と化しており、手にもすっかり馴染《なじ》んでいる。

周囲が騒ついてきた。騒つくほどの鬼が、近づいてきているのだ。

「鬼使いがいっぱいいる」

「なんていい匂《にお》いだ。たまらない」

「契約するのと食うの、どっちがいいんだ？」

鬼たちの声が聞こえる。

そのとき、銃声が響いた。

引き金を引いたのは、正規だ。鬼使いたちが正規に注目した。

「融合体には使役鬼を当たらせろ。鬼使いは鬼を狩れ！　修復師が融合体を封じるまで、なんとしてでも持ちこたえろ！」

おう、と咆哮《ほうこう》のように呼応した鬼使いたちの士気が上がった。

破られた結界のなかでは、夜刀を筆頭に使役鬼たちが融合体を逃がさないように押さえ、力を削《そ》ごうとしている。

「じいさんばあさんがハッスルしてんじゃねぇぞ！　年寄りは寝てる時間だろうが！」

夜刀の元気な罵声が、鴇守を安心させた。

鴇守は右恭の式神たちと一緒に右恭を守るように立ち、油断なく千代丸をかまえる。こちらを窺《うかが》う鬼たちの姿が林の向こうでちらちらしていた。

鴇守がうっかり目を凝らした瞬間、灯火に照らされた鬼の目と目が合った。

「ギョウワァーッ！」

鬼は意味不明な絶叫とともに、鴇守に飛びかかってきた。犬みたいな顔をした鬼で、口が大きく、舌をだらんと外に出している。

――ギャアァ！　って叫びたいのは俺のほうだ、気持ち悪い！

そう思いつつ、鴇守は冷静に千代丸で鬼を斬った。千代丸にかかれば、鬼の身体は紙のようになる。軽い力で仕留めることができるのだ。

「鬼使い、鬼使い！　一番いい匂いの鬼使い！」

「あれは俺のだ！」

「わしのだ！」

「行かせるか！　俺が先だ！」

鬼たちは互いに足を引っ張り合いながら、鴇守を目指してくる。

こんなときなのに、鬼を惹きつける能力は有効で、鴇守が鬼を殺すところを見ていても、魅力はいささかも薄まらないらしい。

右恭を守るつもりだったが、右恭から離れたほうがいいのかもしれない。だが、鬼たちは雪崩のように迫ってきて、応戦するので手一杯で、どこにも移動できなかった。

「くそっ！　お前たち、俺に近寄るな！　向こうへ行け！　でないと千代丸の餌にするぞ！早く六道の辻に帰れ！」

鴇守の渾身《こんしん》の叫びに、反応した鬼たちはわずかだった。

「いやだ。せっかく出られたのに、戻りたくない」

「美味《おい》しい人間がたくさん。血も肉も腹いっぱい食べられる」

「鬼使いの味はどうだ？」

どうだ？　どうだ？　と鬼たちの声が広がる。

じりじりと間合いを詰められ、後ろに引けない鴇守を助けてくれたのは正規だった。

銃弾が尽きたのか、正規は銃から太刀に武器を変えていた。思わず見惚《みと》れてしまうほどの美しい剣技で、一太刀で確実に鬼を仕留めている。

「あ、ありがとうございます……！」

「お前の命令でも従わないとは、欲望の箍《たが》が外れているな。融合体の放つ負のエネルギーに浸食されているのかもしれん。ここにいる鬼は一匹残らず退治しろ。逃がしたら、見境なく人間を襲いに行く」

「はい！　ここで食い止めます」

鴇守は無我夢中で千代丸を振るった。

鬼の数が減ってきたように思えたとき、視界の隅を見覚えのある濃い緑色の鬼が横切った。

鴇守に群がる鬼たちを掻《か》きわけて強引に近づいてくることはできず、後ろのほうでうろうろしている。その気弱な仕草が懐かしい。

数ヶ月前、鴇守の手を引いて、六道の辻まで案内してくれた鬼だ。

「……カッパ！　カッパじゃないか！」

鴇守が呼びかけると、カッパは飛び上がって喜んだ。またもや六道の辻の障壁が壊れているのを知り、鴇守に会いたくて人間界に出てきたのかもしれない。

カッパは遠くから背伸びをし、必死で両手の指を広げ、その間に張っている水かきを鴇守に見せようとしていた。

ほかの鬼にはあまり見かけないその水かきが、カッパの自慢なのである。

しかし、今ほどどうでもいいと思ったことはない。再会してちょっと嬉《うれ》しいような気持ちになったが、できるなら人間界には出てきてほしくなかった。

障壁が破れていたって、鬼の棲《す》みかは六道の辻なのだから、外には出ないでおとなしくしていよう、という思考を構築できたら、百万回でも水かきを褒《ほ》めてやるのに。

襲いかかってきた鬼の腹を千代丸で斬り裂きながら、鴇守は心のなかで叫んだ。

——空気を読め、カッパ！　水かきなんか見せてる暇があったら、お前も戦え！　鬼使いと修復師たちを守れ！

声に出さなかったのは、鴇守がほかの鬼に命令したことを夜刀が知ったら、嫉妬するからだ。

融合体と戦っている夜刀に、余計な負担を強いたくなかった。

どのみち、弱いカッパでは戦力増強にはならない。鴇守たちの邪魔をしないだけでも助かると、考えるべきだった。

ところが、カッパは両手の拳《こぶし》を握り締めて水かきを収納し、キエーッと雄叫びをあげた。

「おにつかぁい、まもぉる！　まもぉー……る……っ！」

近くにいた鬼に殴りかかって当てられず、反対に殴られて地面に倒れた。

鴇守は驚いた。戦闘能力の低さではなく、あたかも鴇守の声がテレパシーとなって届いたかのように思えたからだ。

カッパの勇気に呼応したのか、矢背一族の味方をする鬼がちらほら出てきて、ほかの鬼使いたちも驚いていた。

「どうなってるの、これ」

季和が困惑して訊いてきたが、鴇守にもよくわかっていない。

ひたすらに刃を振るい、銃弾を撃ちこみつづけると、あらかたの鬼を退治することができた。鬼は塵になって消えるので、山がずいぶんすっきりして見える。

鴇守は夜刀の様子を確認した。

ちょうど、吹き飛ばされたところだった。

「くそっ」

起き上がった夜刀が罵《ののし》った。

融合体の周りには風が渦巻いていて、組みつくことができない。大刀を振り下ろしても、風の圧力に押し返され、さっきのように飛ばされてしまう。

むらくもが突破しようとして突きだした腕が、風で切断されて宙を舞った。

「頑張って、夜刀！　負けられないんだ、絶対に！」

鴇守は叫んだ。

融合体を封じる呪文は長く複雑で、詠唱に時間がかかる。

本来なら、結界で区切られた場を使い、そのなかに融合体を閉じこめて縛ったうえで、鬼封珠に押しこめる手筈だった。ところが、結界が破られて拘束力が弱まったため、それを補うなにかが必要になっていた。

結界の代わりに、その場に融合体を縛りつけておくなにかが。

しかし、それは融合体と一緒に鬼封珠に封じられることを意味する。

融合体を縛る拘束具は、術が完成するまで解くことはできない。さらに拘束具から融合体だけを器用に切り取って封じる方法はないのだ。

事前に、右恭にそう説明されていたが、なにを以て拘束具にすればいいのか、鴇守には思い浮かばなかった。

融合体を取り巻く風が止むと、融合体は塵となって消えた使役鬼が遺《のこ》した刀を拾い、夜刀に斬りつけた。

夜刀は二度かわし、三度目に切っ先が脇腹を貫いた。

「ぐっ……！」

避けられなかったのではなく、わざと貫かせて融合体との距離を縮め、背後にまわって羽交い絞めにするための、捨て身の作戦だった。

「今だ！　俺ごと、こいつを封じろ！」

夜刀が右恭に怒鳴った。

「……！」

鴇守は目を見開き、息を呑んだ。

拘束具の役割を、夜刀がするつもりなのだ。

「や、夜刀！　そんなことをしたら、お前まで鬼封珠に封じられてしまう！　封じられたら、消えてしまうんだぞ！　戻ってこい夜刀！」

呼び戻そうとする鴇守に、夜刀は困ったような顔で笑った。

「戻れねぇよ。離したら、こいつをとどめておけなくなる。お前もわかってるだろ。そうするしかないんだ」

夜刀の言葉に、鴇守は動転した。今まで、自分がなにを目的に行動していたのか、一瞬でわからなくなってしまった。

「ま、待て！　夜刀、そんな……お、俺を一人にするつもりなのか！　あんなに一緒にいたいって、俺を鬼に変えようとするほどに、一緒に生きたいって言ったのに！」

「でも、今のお前が一番やりたいことは、こいつを封じることだ。こいつを封じて、世の中に平穏を取り戻させたいと願ってる。人間たちが幸せに過ごせるように。そうだろ？」

「そうだけど……そうだけど！」

「お前の望みを、俺は叶《かな》える。俺はお前の使役鬼だから」

右恭たちが唱える詠唱の声が高まっている。いよいよ、封じる準備が整ってきたのだ。

鴇守は焦った。

「やめろ！　夜刀、戻れ、戻れ、戻れー……っ！」

絶叫しながら、夜刀のもとへ走っていこうとする鴇守の腕を、正規と季和が両側から摑んで止めた。

「鴇守くん……！」

「いやだ、いや……っ」

詠唱は力強い音楽のように空気を震わせ、御影山一帯に広がっていく。

どこからともなく光の糸が伸びてきて、融合体と夜刀を一緒に括《くく》り上げていった。

融合体は逃れようと暴れているが、夜刀は落ち着いた顔をしている。穏やかと言ってもいいくらいだ。

鴇守を鬼化することで揉《も》めてから、二人の間はギスギスしていて、夜刀のそんな顔を見たのは久しぶりだった。

鴇守は瞬きもせずに涙を零《こぼ》した。

「夜刀、夜刀……！　いやだ、夜刀！　俺もそっちに行くから」

「なに言ってんだ。泣くな、鴇守。まるで俺が死んじまうみたいじゃねぇか。眼鏡野郎が作ったへっぽこ珠《たま》なんざ、すぐに壊して出てきてやる」

自信たっぷりに、夜刀が笑って言うので、鵺守はうっかり信じそうになった。信じたいと思ってしまった。

光の糸は太くなり、夜刀と融合体の身体の大部分を包みこんでいる。

鵺守の頭のどこかで、いくら夜刀でもこんなところから抜けだせるわけがないと、小さな声が囁《ささや》いた。

夜刀が強気なことを言うのは、鵺守のためだ。

永遠の別れを、悟らせないようにしている。

「や、夜刀」

「鵺守、お前の鬼は俺だけだ。そうだよな」

「うん」

「……」

なにかを言おうとした夜刀の口を、光の糸がふさいだ。糸はくるくると巻き上がり、目元を覆い、やがて夜刀のすべてが見えなくなる。

夜刀と融合体を包んだものは光の玉となって一際強く輝き、地面に沈みこんで消えた。

詠唱が止んだ。

鵺守は正規と季和の手を振り解いて駆けだし、光の玉が消えた地面の土を、素手で掻きわけて掘った。

鬼封珠を取りだそうとするのを、右恭も止めなかった。すでに、術は完了しているからだろう。

虹色に輝く透明な水晶は、中身が入ったことで不透明な黒に変色していた。

「う、あ、あああぁー……っ！」

黒い鬼封珠を胸に抱えこみ、鴇守は身を折って絶叫した。

このなかに、夜刀がいるのだ。そして、二度と出てこられない。

融合体が消えていくように、夜刀もきっと消えてしまう。

鴇守は夜刀のいろんな顔を思い出した。

よく笑う鬼だった。鴇守が泣いてばかりだったから、なんとかして笑わせようと、陽気にふるまってくれた。嫉妬深くて、拗《す》ねた顔も可愛《かわい》かった。

鴇守にだけ向けてくれる優しい顔、穏やかな顔。

鴇守を愛してくれるときの、蕩《とろ》けそうな顔。

「どうして、どうして……っ！」

こんなことになったのだ。死が二人を分かつのは、鴇守が死ぬときだと思っていた。

さよならも言わずに、夜刀が消えてしまうなんて。

融合体を封じるのは矢背一族の義務であり、けじめであった。そこに後悔はないけれど、感情が追いつかない。

鴇守が涙を零すとき、夜刀はいつだってそばにいて、泣きやむまで慰めてくれるのに。

地面に突っ伏して泣きじゃくる鴇守の肩を、ぽんと叩くものがあった。泣き濡《ぬ》れた顔で見上げた先にいたのは、カッパだった。

「つよおい、おに、はいった。でてくる、いった。いつ、でてくる?」

水かき鬼は、鬼封珠を水かきのある指で指し示した。

強い鬼とは、夜刀のことだ。すぐに壊して出てくると夜刀が言ったのを聞いていて、それがいつなのか知りたいらしい。

とことんまで空気が読めないこの緑色の物体を、鴇守は殴ってやりたくなった。

「出てこないよ。出てこられないんだよ、鬼封珠なんだから……!」

「じゃあ、むかえ、いく?」

「……」

首を傾げているカッパを、鴇守は無言で見つめた。

殴らなくてよかったと思っていた。その発想は、鴇守が持っていないものだった。

出てこられないなら、迎えに行けばいいのだ。このまま夜刀を諦《あきら》めるなんていやだ。まだ封じられたばかりで、鬼封珠のなかで夜刀は生きている。

「そうだ。迎えに行こう」

鴇守が言うと、鴇守を見守っていた周囲の人々が騒めいた。

「鴇守さん、待ちなさい！　危険です、あなたがやろうとしていることは！　あなた自身、戻ってこられるかどうか、わからないのですよ！」

真意に気づいた右恭が、鴇守から鬼封珠を取り上げようとした。

「いいんです。俺も一緒に行きたかったから」

鴇守は鬼封珠をしっかりと胸に抱き、夜刀との同調を試みた。

鬼使いと使役鬼は離れたところにいても、同調することができる。人間界にいながら、六道の辻に行った使役鬼にも同調できるのだ。

片割れが鬼封珠のなかにいるからといって、できないわけはないだろう。肉体を伴わずに一心同体になるのが、同調なのだから。

鴇守は夜刀と寄り添いたかった。死を望む気持ちではなく、ただ夜刀を追いかけたい。止めようとする右恭の声に耳をふさぎ、精神集中する。成功率五割だが、失敗する気がしなかった。

ふわぁっとなった瞬間に、鬼封珠に向かってカッと突っこむ。

やはり、いつもの同調とは勝手が違うのか、鴇守の意識が鬼封珠に入った瞬間、肉体はぐったりと崩れ落ちた。

11

鴇守《ときもり》は闇のなかにいた。

鬼封珠の黒い色を、そのまま映しだした闇である。光源がまったくないので、一寸先どころか、目の前に持ってきた自分の手すら見えない。

手を振ってみても、風圧を感じなかった。

同調を試みたのだから、ここにあるのは鴇守の精神体だ。目で見る、手を振るという動作を行っていると精神が認識しているだけで、物質として存在していないのかもしれない。

『夜刀《やと》』

試しに声を出してみると、喉でしゃべっている感覚がした。

この声が、鴇守自身にしか聞こえないのか、同じ空間のどこかにいるはずの夜刀にも届く音になっているのかわからないが、届くと信じて呼びつづけるしかなかった。

『夜刀ー！　どこにいるんだ、夜刀』

鴇守はおそるおそる足を踏みだした。

鬼封珠のなかには夜刀だけでなく、融合体もいる。

夜刀より先に遭遇しないことを祈りつつ、鴇守は歩きまわった。地面を踏みしめているという感じはしなかった。

融合体が消滅するまで、最短で一ヶ月ほどかかるだろうと右恭は言っていた。時間が経てば経つほど、存在が希釈されていく。そういう呪をかけてあるのだ。

夜刀もその呪からは逃れられない。

『おい、夜刀、夜刀！　俺の声が聞こえないのか』

何度呼んでも、返ってくる声はない。

鴇守はにわかに、夜刀の状態が気になってきた。

鬼使いと使役鬼の契約を結んでいる夜刀は、どこにいても鴇守の声を聞きつける。小さな独り言でも聞き取るのだ。

こんなに呼んでいるのに返事をしないのは、鴇守の声が聞こえていないか、聞こえているのに返事ができないか、どちらかだろう。

意識を失っているのかもしれない。

鴇守は自分の意志でここに飛びこんできたが、夜刀は光の糸みたいなものでぐるぐる巻きにされて、強引に押しこめられたのである。

ダメージを受けた夜刀を想像すると、喉がふさがる思いがした。

『……どうして、あんなことをしたんだよ』

鴇守はついに立ち止まり、そう呟いた。

鬼の夜刀は、自己中心的だ。

愛する鴇守のためなら献身的に尽くし、なんでもしてくれるけれど、自分はどうなってもいいから、鴇守だけを幸せにするという思考は持っていなかった。

夜刀自身も幸せになりたくて、そのためには鴇守に我慢を強いることもある。鴇守を鬼化しようとしたのが、それだ。

鴇守が泣こうが嫌がろうが、一緒に生きつづけたいと夜刀が思ったから、こっそり鬼に変えようとした。

右恭《うきょう》が気づかなければ、今ごろ鴇守の額には角が生えていただろう。

それでも、秀遠と芙蓉を襲った悲劇、人間と鬼の不幸な顚末《てんまつ》を知って、鴇守が鴇守であろうとするかぎり、鬼にはなれないことを夜刀に言い、夜刀はわかってくれた。

『ごめん、夜刀……』

震える声で、鴇守は謝った。

夜刀に放った、自分の傲慢《ごうまん》な言葉を思い出していた。夜刀を愛しつづけたいから、鴇守が死ぬのを黙って見守れだなんて、よくも言えたものだ。

夜刀が消えていくのが耐えられなくて、鴇守は鬼封珠に飛びこんできてしまった。

夜刀との別れを受け入れられないのは、鴇守のほうだった。

必ず先に死ぬという厳然とした事実に甘え、夜刀に与える苦しみから目を逸らしていた。つらいだろうと思いつつ、一人残されるそのつらさについてよく考えることもせず、夜刀の孤独に寄り添わなかった。

夜刀は常々、大事なのは鴇守だけで、矢背《やせ》家も人間も鬼も鴇守以外のものは基本的にどうでもいいと言っていた。

矢背一族が滅びようと、人間が鬼に食われて死に絶えようと、この国が滅びようと、興味がない。人間が持つ正義感や道義心がないから、心も痛まない。生きる場所を失う恐怖もない。

なのに、自身を犠牲にしてまで、融合体を封じるのを手伝ってくれた。

鴇守の願いを叶えるために。

『……っ』

泣きそうになるのを堪え、鴇守は前を向いた。

このまま終わってしまいたくない。

『夜刀、お前に会いたいよ。俺はお前がいなくちゃ駄目なんだ』

灯《あか》りのない無情なまでの無の空間で、夜刀の痕跡《こんせき》を探す。時間、空気の流れ、匂い、音、なにもかもが感じ取れない。

『鬼封珠のなかって、怖いな。でも、お前に会うまでは、俺はここから出て行かないから。封じられたわけじゃないけど、俺もそのうち消えてしまうかも』

黙ったら無に呑みこまれてしまいそうで、鴇守は歩きながらしゃべりつづけた。夜刀にこの声を聞き取ってもらいたかった。

疲労と焦燥が蓄積されてきたせいか、次第に頭がぼうっとしてきて、鴇守の足が止まりそうになる。

そのとき、視界の隅に、ぼんやりした薄い光が映った。

『……！　夜刀、夜刀なのか？』

俄然《がぜん》、元気が出てきて、鴇守は光に向けて走りだした。

近づくにつれ、薄い光に色彩が混じり始めた。床と思《おぼ》しき空間に広がっているのは、見覚えのある淡紅色の着物であった。

鴇守は慌てて止まり、慎重に様子を窺った。

融合体はまったく動かない。封じられた時点で、力を失ったのだろうか。

さらに近づいてみると、淡紅色の着物に身を包んだ芙蓉《ふよう》と、彼女と抱き合って横たわる秀遠《ひでとお》の姿が確認できた。

二十代の若々しい夫婦が、仲睦《なかむつ》まじく顔を寄せて眠っているように見える。

以前、融合体の秀遠が過去を見せてくれたので、鴇守は彼の顔を知っている。二十年は若返っているとはいえ、病床で苦しんでいたとき、妻を憎んで恨んでいたときの秀遠とは、別人のようだ。

鬼封珠のなかで、絶望と狂気に囚《とら》われた世界からようやく解放され、芙蓉を愛したころの彼に戻ったのだろう。

芙蓉の顔も険が抜けて、仄《ほの》かな笑みを口元に浮かべている。

この二人は多くの人間の命を奪い、人間界に鬼を侵入させて甚大な被害をもたらし、鴇守から夜刀を奪った。

言いたいことはたくさんあるが、言葉にならなかった。怒りはなく、ただ虚《むな》しい。

黙って眺めているうちに、二人の身体が薄くなっていることに気がついた。消えようとしているのだ。

鴇守は静かに手を合わせて一礼し、踵《きびす》を返してそこを去った。

後ろは振り返らなかった。彼らが消えかかっているということは、夜刀も危ないかもしれない。

『夜刀、夜刀……！　お前は消えるな、消えないでくれ！』

一日でいいから、会いたかった。連れて帰れるかどうかはわからない。ここから出られなかったら、鴇守も一緒に残ろうと思っている。

しかし、いくら捜しても、夜刀の姿が見つからない。

早く見つけないと、消えてしまう。

『もしかして、あの二人より早く消えてしまったんじゃ……』

不吉なことを考えた鴇守は、慌てて首を横に振った。

『いや、そんなことない！　夜刀は諦めが悪いから、絶対にいるはずだ』

右恭が作った鬼封珠なんか壊して出てきてやると、夜刀が言ったのだ。壊して出てくるための努力を、どこかでしていないとおかしいではないか。

見つからない理由を考えているうちに、鴇守はだんだん腹が立ってきた。鴇守が腹を立てる筋合いではないのだが、腹が立つのだから仕方がない。

『こら、夜刀！　いるのはわかってるんだから、出てきなさい！　ずっと一緒にいるって言ったのに、こんなとこで俺を一人にして、どういうつもりだ！』

鴇守は仁王立《におうだ》ちで叫んだ。

息を止めてリアクションを待ったが、シンと静まり返っている。

『出てこないということは、俺が浮気をしてもいいってことだな？　お前がいなけりゃ、俺は違う鬼と契約しないといけない。モテモテだから選び放題だ。何体でも契約できるし、カッパも仲間に入れてやろう。きっと喜ぶ。右恭さんとも、もっと仲良くなっちゃうぞ。俺がほかの男とイチャイチャしてもいいのか！』

返事はない。

もう一度叫ぼうと息を吸ったとき、空気が震えた。

『駄目だーっ！　浮気すんなーっ！』

絶叫とともに、宙から夜刀が湧《わ》いてでた。

封じられたときのまま、融合体との戦闘で傷ついた身体に光の糸が巻きつき、両手と両脚はそれぞれ固く拘束されている。

『夜刀！』

会えた嬉しさで鴇守が夜刀に飛びつくと、ぶつかることなく、夜刀のなかに吸いこまれてしまった。

『あ、あれ？　同調してる？』

『そうみたいだな』

夜刀も肩透かしを食らったように、目を瞬かせている。

『ずっと捜してたのに、なにをしてたんだよ』

『お前こそ、なにをやらかしたんだ。ここは鬼封珠のなかだろ？』

『べつに、やらかしたわけじゃない。お前が鬼封珠のなかに入ったから、迎えに来たんだ。お前のなかに入れたってことは、お前の肉体がここに存在してるってことだ！　よかった！』

鴇守は拳を握って喜んだ。

夜刀に抱きついて、抱き締めて、抱き締め返してもらって、たくさんキスがしたいけれど、同調していたらそれは叶わない。

一心同体感は最高潮に高まるのだが、触れ合えないのが難点なのだ。

浮かれる鴇守とは裏腹に、夜刀は低い声で矢継ぎ早に言った。

『いや、よくはねぇだろ。鬼封珠に封じられた鬼と同調するなんて、危険すぎる。ちゃんと戻れるんだろうな？　眼鏡野郎はなんて言った？』

『石恭さんには訊いてない。早くお前を追いかけたかったから、勢いでやった。そう言えば、俺が戻ってこられるかどうかわからないからやめなさいって言ってた気がする』

『お、お前……！』

と言って、夜刀は絶句した。

鴇守の勇気に感動したのではなく、無謀さに呆《あき》れているようだ。

『来ちゃったんだから、今さら危険だなんだって言ってもしょうがないだろ。夜刀、ここを出よう！』

ただ、会いたい気持ちだけだった。会えたら、夜刀とここで消えてしまってもいいと思っていたが、こうして元気に再会し、同調まで成功したら欲が出た。

同意してくれると思ったのに、夜刀は首を横に振った。

『俺が出たら、せっかく封じたじいさんとばあさんも出ちまうんじゃねぇか』

『あの二人なら、大丈夫だと思う。お前と会う前に見つけたんだ。二人で抱き合って、眠ってるみたいだった。だんだん姿が薄くなっていったから、あのまま消えるんじゃないかな』

『人騒がせな夫婦だぜ』

『だから、夜刀はここを出ていいんだ。早く出ないと、お前も消えてしまうかもしれない』

『出られねぇよ。眼鏡野郎がかけた呪で縛られてる。俺も戻りたくて、呪を解こうと頑張ってたんだけど、駄目だった。諦めてふて寝してたら、お前の声が聞こえたんだ。浮気するとか、ほかの男とイチャイチャするとか、お前は鬼か』

鬼に鬼と言われてしまった。

『ああ言えば、お前が出てくるかと思って言っただけで、本気じゃない。諦めるなよ、夜刀。俺と一緒に出よう』

『なぁ、鴇守。とりあえず、お前一人で戻って、眼鏡野郎にどうやったら出られるか訊いてくれ。方法がわかったら、もう一回来てくれるか』

夜刀の声は優しかった。

鴇守だけでも助けようとしているのだと、はっきりわかった。脱出方法など、右恭に訊いて教えてくれるわけがない。そんなものは、そもそもないだろう。

融合体を封じて滅するためだけに彼が作った、特別な鬼封珠なのだから。

鴇守は息苦しくなって、深呼吸した。

危険を承知で会いに来てくれて嬉しい、ここからは出られないから俺と一緒に消えてくれ、と言わない夜刀の愛情の深さに、溺《おぼ》れてしまいそうだった。

『夜刀』

『おう』

『ありがとう。お前はよくやってくれた。お前がいたから、融合体を封じることができたんだ。俺はお前が誇らしいよ』

『そうか』

『俺はお前と一緒でないと、戻らない』

『鴇守!』

『お前と一緒なら、消えてもいい。本気でそう思ってる。でも、俺は欲深い人間だから、最後まで足掻《あが》きたいんだ』

柔らかい声で、鴇守は夜刀の心を愛撫した。

意識の触手を伸ばし、夜刀の頭を撫《な》で、肩から腕を伝って、手首に巻きつく呪の縄を手で擦《こす》った。薄くなれと念じていると、心なしか、薄くなった気がする。

そうやって、夜刀の全身を撫でまわしてやった。

『と、鴇守……』

実際に触れているわけではないが、鴇守のやっていることが同調している意識から伝わったらしく、夜刀がどぎまぎしている。

鴇守は意図的に、触手の動きを卑猥《ひわい》なものに変えた。

厚い胸板から脇腹、腰骨をたどって、足のつけ根のあたりを指先でなぞる。

『夜刀。お前と同調するのは気持ちいいから大好きだけど、自分の身体を使ってお前とキスしたり抱き合ったりするのは、もっと好きなんだ。もう、ずいぶん長いこと、お前に触れてない。俺のせいでもあるんだけど。お前を愛したいよ、夜刀。お前はどうだ？』

『俺も、お前を愛したい』

『ああ、夜刀……』

『お前を裸に剝《む》いて、全身くまなく舐《な》めまわしたい。お前が恥ずかしがって泣くほどいやらしいことをしたい』

『……うん』

『お前とつながってるところを眼鏡野郎に見せつけてやりたい。見せたら減るから、絶対に見せねぇけど、俺に抱かれたお前がどんな可愛い顔してイクのか、世界中に見せびらかして自慢したい！』

夜刀の力が漲《みなぎ》ってくるのが、鴇守にも感じ取れた。

『いいよ。お前がしたいこと、全部していい』

『本当か』

『うん。お前がしてほしいことも、全部してやる』

『本当か！』

『夜刀、早く。待ちきれない』

鴇守が囁くと、夜刀は息を吸いこんだ。

咆哮するかと思いきや、吸った息を溜めこんでいる。

ドドドッと遠くから地鳴りが聞こえた。

夜刀が持っているエネルギーが凝縮され、圧が高まり、爆発した瞬間、鴇守は夜刀とともに飛んでいた。


鴇守の意識は緩やかに覚醒《かくせい》した。

目は覚めていたが、瞼《まぶた》を押し上げるまでには至っていない。小舟に揺られているように、目を閉じたまま、ゆらゆらしていた。

俺はなにをしていたんだっけ、と思ったとき、夜刀の声が聞こえてきた。

「お前の作った鬼封珠がえげつないから、出てくるのに苦労したんだ。鴇守をこんなにやつれさせやがって」

「自分の力が足りなかったことを、そこまで堂々と言えるとは。鬼封珠のなかでさっさと消えていればよかったのに」

「お前のその真っ黒な発言を、鴇守に告げ口してやる」

「その必要はない。主を傷つける鬼は破棄すべきだと、私が自分で言う」

「鴇守は俺を捨てたりしねぇ！」

夜刀が右恭に噛《か》みついたところで、鴇守は小さく笑ってしまった。

お互いに無視して、しゃべらない関係だと思っていたけれど、鴇守がいなければ、ちゃんとしゃべるのだ。文句と嫌味しか言っていないが。

目を開けようとして、やたらと瞼が重いことに気がついた。瞼だけでなく、全身が重苦しい。

「と、鴇守！　目が覚めたのか！」

「……」

返事をしようとしたが、声が出なかった。

自身の異変にパニックを起こす前に、右恭が説明をしてくれた。

「鴇守さん、落ち着いてください。ここは病院です。融合体を封じ、あなたがあなたの鬼と同調を試みて鬼封珠に飛びこんでから、一週間が経っています。あなたとあなたの鬼は、三日前に鬼封珠から出てこちらに戻ってきたのですが、あなたの意識は戻らず、ずっと眠っていたのです。目覚めてよかった」

右恭の声を聞きながら、鴇守はゆっくりと目を開けた。

明かりが眩《まぶ》しい。

右側から夜刀、左側から右恭が覗《のぞ》きこんでいる。

二人とも心配そうな顔をしているので、鴇守は微笑《ほほえ》んだ。

「鴇守、ありがとうな！　お前が迎えに来てくれたから、帰ってこられた。もう離れたりしねえ。ずっと一緒だからな」

「無謀極まりない行為に、肝が冷えました。しかし、私の鬼封珠に封じた鬼を同調して連れ戻すとは、さすがは私の主です」

おかえりなさい、と右恭は言った。

鴇守の瞳が潤んだ。

夜刀も右恭も、鴇守の大事な人だ。

自分がどれほど無謀なことをしたのか、よくわかっていないけれど、戻ってこられてよかった。夜刀を取り戻せてよかった。右恭のもとへ帰れてよかった。

目尻に零れた涙を、夜刀が指先でそっと拭《ぬぐ》ってくれた。

12

鴇守《ときもり》の入院は三週間に及んだ。

意識を取り戻すまでに一週間、取り戻してからも二週間を回復に当てたことになる。肉体的なダメージは負っていないはずなのに、なかなかベッドから起き上がれなかったのだ。

鬼封珠《おにふうじゅ》に飛びこんで、鬼を連れて出てくるという荒業をやってのけた代償は、やはりそれなりに大きかったと言わざるを得ない。

矢背《やせ》一族が経営する病院の最上級の個室――ホテルのスイートルームのようだった――で鴇守は身体《からだ》を癒《いや》すことに専念した。

夜刀《やと》のほうは別段、力が弱まったということもなく、献身的に鴇守の世話を焼き、リハビリにつき合い、鴇守が休んでいる間はせっせと一人で鬼退治の仕事に精を出している。

入院中は当然ながら、鬼封珠のなかで言っていた、いやらしい行為をするには至っていない。

使役鬼に与えるべき報酬も、日々累積中だ。

「ごめんな、夜刀。鬼退治を手伝えないし、報酬もあげられなくて」

ベッドで寝たまま鴇守がそう謝れば、夜刀は鬼のくせに悟りを開いた菩薩《ぼさつ》のごとき笑顔を浮かべ、首を横に振った。

「気にすんな。お前がそうなったのは、俺を連れ戻しに来てくれたからじゃねぇか。ずっと働きづめだったし、今はゆっくり休んどけ」

「働きどおしなのは、お前だ。いくら鬼でも、疲れるだろう。無理してないか？」

「全然してねぇよ。鬼退治はやっぱ、一人で黙々とやるのがベストだな。お前が囮《おとり》になってほかの鬼どもを誘惑してると、苛々《いらいら》して頭に血が上ってストレスが溜《た》まってしょうがねぇ。胃に穴が開いたり、ハゲたりしそうだった。お前がここでおとなしく寝てるんだと思うと、なんの憂いもなく清々《すがすが》しい気分で鬼を潰《つぶ》しまくれるから、むしろ仕事が捗《はかど》る。俺の胃と毛根に優しい。だから鬼退治は俺に任せろ」

「そ、そうか……」

爽《さわ》やかに言いきる夜刀に、鴇守は苦笑いで応じた。

夜刀の嫉妬《しっと》深さは、ますます重症になっているようだ。ここぞとばかりに単独での鬼退治の実績を積んでいって、鴇守が現場復帰する際には、介入を拒否する思惑でいるらしい。いじらしいというか、ちゃっかりしている。

「それに、報酬はお前が元気になったら、まとめてもらう。利子をつけて、がっぽりもらう。考えてるんだぜ、お前にしてやりたいこと、してほしいこと。いっぱいあるから、早く元気になれ。俺に報酬が払えそうだなって思ったら、パンツを脱いで教えてくれ」

鴇守は噴きだした。

「それが合図なのか？」

「おう」

「報酬を払うよって、口で言うんじゃ駄目なのか」

「恥ずかしそうに黙って、パンツを脱いでくれるほうが盛り上がる。俺のいろんな部分が」

「……エロ鬼」

「へへっ」

「褒《ほ》めてないから、照れた顔するな」

だらしない顔でニヤつく夜刀を見て、鴇守は懐かしい思いに駆られた。

こんなふうに、性的な話題で軽口を言って笑ったのは、久しぶりだった。セックスをするのを楽しみに思う気持ちも、長いこと忘れていた気がする。

夜刀となんのわだかまりもなく話せるのが、嬉《うれ》しかった。

使役鬼に報酬を与えるのは、鬼使いの仕事だ。報酬を与える名目でなくても、早く夜刀と愛し合いたい。

どこでパンツを脱ごうか、と鴇守は考えた。

いくら豪華でも病室でやっては常識を疑われるし、旧屋敷のコテージで羽目を外すのもまずい。やはり、東京《とうきょう》の自宅マンションが一番落ち着く。

融合体は封じたし、退院後は鴇守たちも東京へ帰れるだろう。

そんなふうに勝手に算段していたが、そうは問屋が卸さなかった。

右恭《うきょう》は時間が許すかぎり、鴇守の病室へ足を運んでくれている。彼が来るたびに更新される最新情報はどれも絶望的で、明るい展望を感じさせるものがなかった。

「状況はかなり厳しいですね」

来客用の椅子《いす》に座った右恭は、眼鏡《めがね》を浮かして目頭のあたりを揉《も》みながら言った。

「六道《ろくどう》の辻《つじ》から出てくる鬼たちですか」

「そうです。やつらはこちら側にとめどなく流れでてきて人間を襲い、食べています。人間の味を覚え、力を増したことに気をよくして、また食べる。昼の日中に堂々と街中を歩いて獲物を物色する鬼まで出てくる始末です」

「弱っちょろいやつが調子に乗ってやがるぜ」

夜刀が小馬鹿にしたように言った。

鬼は普通の人間よりも強いけれど、天敵がいる。退魔師《たいまし》や陰陽師《おんみようじ》がそうだ。彼らに目をつけられると、滅されてしまうので、夜の闇や陰の気が濃い場所に潜んで隠れる。真っ昼間に人間の前に出るような目立つ行動を取る鬼は少ない。

いや、以前は少なかったのだ。

「鬼の数が増えてきて、気が大きくなってるんでしょうか。明るくて人の多いところだと、退治するほうも、気を使いますね」

退魔師の星合《ほしあい》のことを思い出して、鴇守は言った。

人間の目に見えない夜刀は、どこでも鬼を狩り放題だが、人間である退魔師や陰陽師は大変だ。

真っ昼間の街中で、突如として印を結び、険しい顔で呪を唱え始めたら、彼らのほうが怪しく見える。鬼を仕留めるクナイなんて、人前で投げられないだろう。

「退魔師なんかは、開きなおって堂々とやっているようですよ。矢背家が介入し、情報統制を行って報道は控えさせていますが、全国各地で怪異現象が起きているのは、広く国民が知るところとなっています」

「今は事件が起きると、居合わせた人が写真やムービーを撮って、すぐにネットに上げますからね」

「ええ。うっかり見てしまったら、精神的にダメージを負うようなグロテスクなものも多いのですよ。すべてを削除させるには数が多すぎて、こちらのチェックが追いつかない。幸運にも鬼の被害に遭ったことがない人も、そういう画像を目にすれば、なにが起きているのかと不安に思う。人が抱く恐怖などの負の感情は周囲に感染して、鬼を呼び寄せる。今のままの対策では、対処しきれなくなるでしょう。一般人のなかにも鬼を視《み》る人はいるし、勘のいい人は見えずとも鬼の気配を察する。ですが……」

右恭は言い淀《よど》んだ。

いつまでも隠しておけることではないけれど、鬼の仕業です、と真実を公表することもできないのだ。

大多数の人間は、鬼が見えない。信じられないだろうし、鬼がいるぞと言われても、注意も自衛もしようがない。ただ困惑させ、やみくもに恐怖感を煽《あお》るだけだ。

嘘《うそ》でいいから、国民を納得させる落としどころとなる理由が必要だが、それも、鬼をすべて退治し、六道の辻の障壁をふさいでからでないと、根本的な解決にはならない。

「壊された障壁を直す効率的な方法は、あるのでしょうか」

「我々修復師《しゅうふくし》が地道にひとつひとつふさいでいくくらいしか、思いつきませんね。非効率的ですが、それが一番確実です」

半年ほど前、七目《ななめ》という鬼が障壁に開けた穴を、鴇守と夜刀と右恭が力を合わせてふさいだ。修復師が作業に当たる間、鬼に邪魔をさせないように鬼使いと使役鬼が鬼と戦って、修復師を守る作戦だった。

一回やっただけで、三人とも命がすり減る思いをしたのに、今度はそれを何十年にも亘《わた》って何度もやらなければならない。

気が遠くなりそうだった。

「俺もできるだけ早く復帰して、鬼退治をします。人が足りないのに、長く休んでしまってすみません」

「融合体を封じることができたのは、鴇守さんのおかげです」

「俺のおかげだろ！」

夜刀の突っこみを華麗に無視して、右恭はつづけた。

「鴇守さんは今、休むべきときなんですよ。回復を一番に考えてください。無理をしたら、あとがもたない。復帰後は容赦なく仕事をまわします。もうしばらく、こちらにとどまってもらうことになるでしょう。やはり、出現した鬼の数は京都《きょうと》が飛びぬけて多いですから」

「わかりました」

鴇守は頷《うなず》いた。

パンツを脱ぐ場所の再考が必要だった。夜刀にはますます頑張ってもらわなければならないから、東京に帰れる日までお預けというのは可哀想《かわいそう》だし、鴇守も待ちきれない。

「今後取るべき具体的な対策については、退院後に話しましょう」

そう言って病室を出ていこうとする右恭に、鴇守は声をかけた。

「右恭さん、カッパを知りませんか？」

病院内は鬼が入ってこられないように、修復師が術をかけている。そこを平然と出入りできるのは、規格外の夜刀くらいのものだ。

だから、鴇守はカッパがどこでなにをしているか知らなかった。夜刀に訊《き》いても、姿を見かけないという。

「そう言えば、見かけませんね」

右恭の返事も、夜刀と同じだった。

「俺に会いたくて、病院のまわりをうろうろしてるんじゃないかと思うんですが」

「そこの鬼が嫉妬のあまり、退治してしまったのでは？」

「な、なに言ってんだ、てめぇ！　鴇守がうっかり信じたらどうすんだ！」

「俺もちょっと夜刀を疑ったんですけど、やってないって言うんです」

「疑ったのかよ！」

「嘘をついているんでしょう。鬼の死骸《しがい》は残りませんから、なんとでもなります」

「嘘じゃねぇよ！　俺と鴇守の間に無用な波風を立てようとするな。俺は本当にやってねぇからな！」

「鴇守さんの鬼化も、やってないやってないとしぶとく言っておきながら、結局やっていましたがね」

「てめぇ、このクソ眼鏡野郎が！　さっさと帰れ！」

喚《わめ》く夜刀を尻目《しりめ》に、右恭はざまあみろと言わんばかりの顔をして帰っていった。

「俺はお前を信じてるよ。疑ったのは、ちょっとだけだ」

鴇守は親指と人差し指の間を十五センチくらい開けて、疑惑の分量を示した。

「けっこうがっつり疑ってんじゃねぇか、お前」

「ちゃんと信じてるってば。俺たちの間にはそよ風も吹いてない。そう怒るなよ」

濡《ぬ》れ衣《ぎぬ》を着せられかけて憤慨している夜刀を、鴇守はなだめた。

「生きてりゃ、向こうから会いに来るだろ。六道の辻から出てきたのだって、お前に会いたかったからららしいし。鬼はすぐにつけ上がるんだから、うかつに優しい言葉をかけたり、目を覗《のぞ》きこんでしゃべったりするなよ。弱そうに見えたって、鬼は鬼だ」

夜刀はおもしろくなさそうに、鴇守に注意を促した。

「うん。わかってる」

鴇守にしても、つねにカッパの心配をしてはいられない。一言礼が言いたかったのと、訊きたいことがあるから、いるなら会いたいと思っただけだ。

入院しているかぎり、どのみちカッパとは会えないので、鴇守は体力を取り戻すことに専念した。

少しずつ起き上がれる時間が増え、リハビリのために病院内を歩けば、鬼に襲われて負傷した人たちが多く入院していることに気がついた。怯《おび》えて泣き喚き、激痛にもがき苦しんでいる。

当人はもちろん、支えていく家族もつらい。

正規《まさのり》はきっと、鬼の被害に遭った人たちを、一人でも多く救おうとしているだろう。それが、矢背一族の当主としての使命である。

鴇守は自分にできることを考えた。

正規と同じようにはできない。経験も力量も才能も、鴇守には足りないものが多すぎる。だが鬼を惹《ひ》きつける力を持っていた。鴇守を見れば、鬼たちは鴇守に群がってくる。

――俺にしかできないことが、あるかもしれない……。

胸の奥で鴇守は呟《つぶや》いた。

人間が助かるための漠然としたビジョンが、頭に浮かんでいた。問題はそれを実行に移す勇気が鴇守にあるかないかだ。

悩んでいる間に、退院の日が決まった。

旧屋敷の対策本部は継続していて、鴇守はさっそく指令室に出向き、正規と三春《みはる》、右恭から改めて話を聞いた。

鬼使いたちの半数は老齢で、疲労が著しい。使役鬼たちも、連戦に次ぐ連戦で傷ついて、癒す間もない。徒党を組んだ鬼たちに襲いかかられて使役鬼が倒され、盾《たて》を失って食い殺された鬼使いも数人いるという。

「九州《きゅうしゅう》のやつは生きてるぞ」

咄嗟《とっさ》に高景《たかかげ》のことを思い浮かべた鴇守の耳に、夜刀がそっと囁《ささや》いた。

「すべての鬼を退治するまで怯《ひる》むなと鼓舞しているが、士気の低下は避けられない。鬼使いといえど、人間だからな。鬼の勢いに呑《の》まれつつあるのだ。鬼使いが鬼を怖がるようになったら、もう長くない」

正規はそう言った。

恐怖を覚えた鬼使いには、現場を退《ひ》かせて精神的なケアを施すべきだが、そのような時間も余裕もない。本来は裏方で鬼使いたちを支える修復師も、外に出て呪符《じゅふ》や式神を使い、鬼退治に当たっているという。

長年一族の頂点に立ち、引っ張ってきた正規と、それを支えてきた三春、次代を担う右恭にも、打開策を見つけることができない。異界の鬼の侵攻に、人は無力だ。

鴇守の揺れていた心が定まった。

まずは鬼に対抗しうる力を自らが持たねばならない。矢背の鬼使いとしての責務を果たすため、どれほどの代償を払おうとも。


コテージに戻った鴇守はベッドの横に立ち、夜刀と向き合った。

鴇守がパンツを脱ぐのを、夜刀が今か今かとわくわくして待っているのはわかったが、まだ早い。その前に話しておくことがあった。

入院中からずっと考えていて、ようやく決まった鴇守の気持ちを。

「夜刀、頼みがある」

「なんだ？」

「俺を鬼にしてくれ」

夜刀は大きく目を見開いた。黙って、穴が開くほど鴇守を見つめ、たっぷり一分は経《た》ってから、口を開いた。

「……どうした急に。あんなに嫌がってたじゃねぇか」

「俺のやるべきことがわかったんだ」

「やるべきこと?」

「うん。ご当主さまにも右恭さんにも、誰にもできない。俺にしかできないことがある」

融合体と戦っている最中に、鴇守は心のなかでカッパに向かって叫んだ。水かきなんか見せてる暇があったら、お前も戦え! 鬼使いと修復師たちを守れ! と。

すると、テレパシーが通じたかのように、カッパが戦い始めた。

「俺は声を出してない。ほかの鬼に命令したら、お前が嫉妬して怒るだろう? だから、カッパがキャッチしたのは、俺が飛ばした思念だったんじゃないかって。カッパに確認できたら、一番いいんだけど」

「……それ、俺にも聞こえたかも。戦ってて忙しかったから、耳で聞いたのか頭に届いたのか、よくわかんなかった」

鴇守は表情を輝かせた。

夜刀にも聞こえたなら、鴇守の勘違いや思いこみではなかったのだ。

「よかった！　そのテレパシーを使って、人間界にいる鬼たちに、六道の辻に戻れと命じてみようと考えてるんだ。俺には鬼を惹きつける力がある。契約しなくても、命令に従わせる力が。それを利用して、パワー全開で訴えて、鬼たちに自分の足で本来の棲《す》みかに帰ってもらう。いいアイデアだろ？」

「それと、お前が鬼になるのと、どう関係するんだ？」

首を傾《かし》げる夜刀に、鴇守は説明した。

「右恭さんが言ってたけど、鬼化が進むと、俺の能力も強くなるらしい。お前ももちろん、わかってたよな？」

「おう……」

こっそり試行錯誤を繰り返していた夜刀は、悪さがばれたみたいな顔で下唇を突きだした。

「鬼になったら、超強力に作用して、命令の力が増すかもしれない。鬼たちが俺の言うことを聞いてくれる可能性が高くなると思うんだ。意図してテレパシーを飛ばしたことなんかないから、うまくできるかどうかわからないけど、試してみたいんだ。題して、ハーメルンの笛吹き作戦！」

鴇守は晴れやかに作戦名を告げたが、夜刀はにこりともしなかった。

「うまくいかなかったらどうする？　お前に群がってくるだけで、六道の辻に帰ろうとしなかったら」

「俺に群がってきたら、作戦は成功だよ。鬼たちを引きつれて、六道の辻へ行く。失敗しても、成功するまでやるつもりだ」

「鬼たちと六道の辻へ行ったあとは？」

「番人になるよ。鬼たちがまた人間界に出ていかないように、俺の魅力を振りまいて引きとめながら、見張ってる。その間に、右恭さんたちに障壁を修復してもらう。修復には長い時間がかかるんだ。俺が人間のままじゃ、持ち堪《こた》えられない」

人間の寿命は短すぎるし、人間の肉体は弱すぎる。鬼になっても、鴇守はきっと弱いだろう。箍《たが》が外れた鬼に襲いかかられたら、ひとたまりもない。

「お前の力が必要なんだ、夜刀。俺を鬼に変えて、そして俺を守ってくれ。六道の辻へ入ったら、もうどこにも行けないかもしれない。でも、永遠に俺と一緒だ」

鴇守は力強く言った。悩んで考えぬいた、最後の手段である。

永遠を望んだのは夜刀のほうだから、喜んで鴇守の言うとおりにしてくれるかと思っていたのに、夜刀の表情は浮かなかった。

「よく考えろよ、鴇守。先祖のじいさんの変わりようを、お前も見ただろ。女房に鬼に変えられて、狂っちまった。俺も、こっそりお前を鬼化しようとしてたとき、性格が変わっちまって慌てて戻したことがある。俺はお前を鬼に変える力があるけど、マニュアルなんかねぇし、さじ加減ってものがわかんねぇ。変わったときに、今のままのお前でいられるかどうか」

「そのことは俺も考えたよ。夜刀は俺に知らせず、内緒で鬼に変えようとした。俺の気持ちがそこにないから、揺らぐんじゃないだろうか。今、俺は望んで鬼になりたいと思ってる。鬼になって、やりたいことが決まってる。人間を食べたいという鬼の本能が付与されたとしても、我慢できると思うんだ。夜刀、お前が我慢してくれてるみたいに」

「……」

我慢なんかしてねぇよ、と夜刀は言わなかった。

二十年以上、夜刀が鴇守への愛のために本能を抑えることができたのなら、鴇守だってそうできるはずだ。理性ある番人でいるため、夜刀を変わらない心で愛しつづけるため、鴇守が自分らしくあるために。

秀遠《ひでとお》と芙蓉《ふよう》が犯した失敗を、鴇守と夜刀はもう知っている。仲のいい夫婦が、ひとつボタンをかけ違えただけでどうなるのか、よく学んだ。

鴇守の覚悟は決まっているのに、夜刀はまだ渋っていた。

「勝手に決めていいのかよ。眼鏡野郎に相談するとか」

まさか夜刀が右恭の名をここで出すとは思わず、鴇守は笑ってしまいそうになった。

それだけ、夜刀が鴇守のことを考えてくれているということだ。いっときの感情で突き進んで、後悔して傷つくのは鴇守だからだ。

本当に優しい鬼だと思う。

「いいんだ。六道の辻の番人は、俺にしかなれない。俺はいやなことを無理やりやらされるわけじゃない。矢背一族の鬼使いとして、できることをやる。それだけだ」

「簡単なことじゃないぞ」

「わかってる。偉そうなことを言ってるけど、後悔するときがくるかもしれない。でも、俺の隣にはいつもお前がいて、俺を愛してくれる。それだけは変わらない。夜刀がいてくれたら、どこででも生きていける。なんだってできる。俺に必要なのはお前なんだ。お前を失いかけたときに思い知った。だから大丈夫だ」

「鴇守……」

「俺の決断に賛成してくれるか？」

鴇守が訊《たず》ねると、夜刀はようやく口元に人を食ったような、彼らしい笑みを浮かべた。

「いいぜ。鬼どもを引き連れて、六道の辻に帰る、か。番人っていうか、もう六道の辻の王様じゃねぇか」

「ずいぶん貧相な王様だな」

鴇守は笑った。

かつて王と呼ばれたのは夜刀だった。鴇守はかつての王を従え、新たな王になる。戦闘力は皆無だが、鬼を誑《たぶら》かす力なら持っている。

不安はあるに決まっていた。だが、なんとかなりそうな気がしていた。

「俺は、お前がやりたいことをやって、笑って、俺を愛して必要としてくれるなら、それでいい。お前の命令に従う。お前の望みを叶《かな》える」

「……ありがとう」

涙ぐんだ目を隠そうと、鴇守は俯《うつむ》いた。

夜刀がぎゅっと抱き締めてきて、温かい肌に頰《ほお》を寄せる。心臓の鼓動は聞こえない。鴇守も鬼に変わったら、胸がどきどきするという感覚を失うのだろう。

今夜がどきどき感を味わう、最後の機会だ。

「じゃ、始めるか」

「うん。お前に任せるよ」

夜刀に促されるままベッドに倒れこもうとしていた鴇守は、報酬のことを思い出した。鬼にはしてもらうが、夜刀に与えられた当然の権利については、忘れてはならない。

「鴇守？」

「ちょっと待って」

鴇守は夜刀から数歩離れ、スーツのジャケットを脱いで床に落とし、ネクタイを緩めて首から抜き取った。シャツのボタンを上から途中まで外しておいて、ズボンに取りかかる。

「靴下はどうする？」

「は、穿《は》いたままで！」

下着を脱ぐ前に訊いてみたら、夜刀はつっかえながらリクエストした。目が爛々《らんらん》と輝いて、シャツの裾《すそ》で隠れた部分を、目を凝らして見ようとしている。

「お前は本当に変態だな」

「褒められると、照れるぜ」

「変態って褒め言葉なのか？」

「俺のなかでは。そんな格好してると、お前もへんた……」

「夜刀。俺のなかでは褒め言葉じゃないから、俺には言うな」

「……おう」

夜刀は慌てて口を噤《つぐ》んだ。

靴下を穿いたまま、シャツ一枚の格好を晒《さら》す自分について、客観的に考えるのは避けたい。これからさらに、下着を脱ごうとしている状況ではなおさらだ。

夜刀の視線が熱すぎて、鴇守はくるりと後ろを向いた。

下着のウエストに指を引っかけ、するすると足首まで引き下ろす。夜刀のほうに尻を突きだしたら、早くも興奮して荒くなった呼吸が聞こえてきた。

鴇守の下半身も、夜刀を求めて疼《うず》きだした。

大きな肉棒が自分のなかに入ってきて、出たり入ったりするところを想像したら、たまらなくなって腰が捩《よじ》れてしまう。

期待で性器が反応し、むくむくと頭をもたげた。これに触れてもらいたい。手で扱《しご》いたり、口でしゃぶったりしてほしい。

「夜刀！」

鴇守は上体を起こし、振り向きざまに、脱いだ下着を夜刀の頭上に向かって投げた。

フリスビーを投げられた犬のごとく、夜刀は反射的に飛び上がって鴇守の下着を摑《つか》む。

その隙《すき》に、鴇守は夜刀の横をすり抜けて、ベッドに上がった。

「なんだよ、お前。ストリップショーはもう終わりか」

戦利品を手にした夜刀が、まんざらでもなさそうな顔で鴇守を見たが、視線が下がり、シャツで覆いきれていない部分から顔を出した鴇守の陰茎がすでに勃起《ぼっき》しているのを目にして、息を呑んだ。

「……俺、もう我慢できないみたい」

鴇守はシャツの裾をまくり、自分の手で腹から腰骨の上を撫《な》で、下生えに指を絡めた。反り返った陰茎の根元を指で摘《つま》み、そっと揺らす。

ごくっ、と夜刀が唾液《だえき》を飲みこんだ。

飛びついて、口に含んでくれるだろうと思っていたのに、夜刀はそうしなかった。いつの間に出したのか、手に一本の紐《ひも》を握っている。

「鴇守は出さないほうがいいんだ」

「えっ？」

「前に言っただろ。俺がお前のなかに鬼の成分を注ぎこむ。お前はそれを溜めていって、鬼に変わる。お前が出したら、そのぶん薄れちまう。ほら、手をどけろ」

鴇守はつい、両手で陰茎を覆ってしまった。

「だ、出せないのか？　一回も？」

「出さなくても、ちゃんといかせてやる。心配すんな」

隠そうとする鴇守と、外させようとする夜刀で、ほんの少し攻防が繰り広げられたが、夜刀が勝った。

夜刀は素早く陰茎の根元に紐を巻きつけ、縛ってしまった。

「あ、あ……」

片肘《かたひじ》をついて、鴇守は己が局部を見下ろした。

人体に絡みつく紐は、どうしてこれほどまでに卑猥《ひわい》に映るのだろう。晒されているのは自分の性器で、恥ずかしいのに目が離せない。

鴇守が震える指を伸ばし、紐の結び目を触っていると、先端から先走りがじわっと滲《にじ》みでてきた。痛いような苦しいような、不思議な感覚だった。

「いい子だから、このまま我慢な。うまくいったら、解《ほど》いてやる」

夜刀の指先が、濡れた先端をあやすように撫でた。

「あうっ！」

たったそれだけの刺激で、鴇守は腰をびくっと跳ね上げ、背中からベッドに沈んだ。射精できないと思うと、余計にそこに意識が集中してしまう。

「鬼に変えるのは、急いだほうがいいんだよな？」

「……」

鴇守は無言で頷いた。

できれば、今日一日で変えてほしかった。変化している途中で右恭に見つかったら、夜刀と引き離されてしまうかもしれない。

もちろん、ちゃんと説明して鴇守の意志を理解してもらうつもりだが、それに取られる時間が惜しい。

鬼たちを集めて六道の辻に連れて帰るのが、遅くなればなるほど、被害は増える。

夜刀は鴇守に口づけをしてから、シャツと靴下を脱がせて全裸にした。身にまとっているのは、陰茎を拘束する紐だけである。

「いやらしくて、綺麗《きれい》だ。お前の身体」

「お前のものにしていいよ、全部」

荒い息を吐きだしながら、鴇守は夜刀の目の前で自ら両足を大きく開き、膝裏《ひざうら》に腕をまわして抱えこんだ。

鬼化に怯むところはないという、自分の覚悟のほどを夜刀に示したかったのだが、ちょっと恥ずかしすぎる行動だったかもしれない。

「ううっ」

喉《のど》の奥で呻《うめ》き、閉じようとした足を、夜刀が抉《こ》じ開けた。

「もっと見せろよ。お前のここ、久しぶりだ。ずっとこうしたかった」

舌なめずりした夜刀は、小さな窄《すぼ》まりに唇を押しつけ、激しくキスをした。

「あ、あぁっ！」

足のつけ根が震え、宙に浮いた爪先《つまさき》がピンと伸びる。

「触らせてもらえなくて、寂しかったんだぜ。お前も、寂しかったか？　俺に舐《な》めてもらいたくて、疼いたか？」

「ん、ひぅ……っ」

夜刀の舌がなかに入ってきて、鴇守は奥歯を嚙《か》んだ。気を抜けば、獣のような声が出てしまいそうだった。

じゅる、ずずっ、と夜刀は唾液の絡まる下品な音を立てて、鴇守を味わっている。

鴇守は必死になって両足を抱え、快感に耐えた。紐で括《くく》られていなければ、軽く射精していたかもしれない。

肉襞が唾液を含んで蕩《とろ》けるまで、口唇の愛撫はつづき、夜刀がようやく顔を上げた。

虎柄の腰巻を取り払い、その下で雄々しく膨らんでいる肉棒を手で軽く擦ってさらに勃《た》せるのを、鴇守はぼうっとした目で眺めていた。

つるりとした先端が、尻の狭間《はざま》に押し当てられる。

「いれるぞ」

「うん……」

鴇守は息を吐いて、力を抜いた。

小さな窄まりを広げられる感覚はあるが、痛みはない。夜刀の大きなそれがどれほどの愉悦をもたらしてくれるのか、鴇守の肉体が一番よく知っている。

もっと強引に進めてくれていいのに、夜刀は焦《じ》れったくなるほど時間をかけて、鴇守のなかにすべてを収めた。

「初めて抱いたときみたいに、きつくなってる。痛いか？」

太くて熱い硬いものが、狭い肉筒を押し開き、奥まで届いていた。

「……まさか」

心配性の鬼に、鴇守は微笑《ほほえ》んだ。

夜刀が鴇守を求めているように、鴇守だって夜刀が欲しい。剝《む》きだしになった欲求が、肉体を熱くし、柔らかく蕩けさせる。

ゆったりと腰を突き入れ始めた夜刀に合わせて、鴇守も動いた。

何度もしてきた行為だし、お互いの癖もわかっている。鴇守はすぐに勘を取り戻し、慎重さを失っていない夜刀に、果敢に挑みかかった。

「んっ、んっ」

腰を捻《ひね》り、尻に力を入れて、夜刀を絞る。そうして、硬い肉棒の心地よさを、肉襞《にくひだ》でたっぷりと味わう。

「こら、鴇守」

たしなめながら、夜刀も大胆に動きだした。

「やぁ……、あぁんっ」

いいところを擦られると、腹の奥が重くなった。

陰茎が射精したがって震えているのに、出すことができない。絶頂にかぎりなく近づいているのに、あと一歩がとても遠いのだ。

「ううっ」

苦しくなってきて、鴇守は手足をばたつかせた。

一度、交わりを解いて落ち着きたい。そんなふうに思えるほど、いきたくてもいけない状態がもどかしい。

夜刀は逃げを打ち始めた鴇守の腰を摑んで、肉襞の隅々まで擦り上げてくる。

「もう、出る」

短く告げた夜刀の動きが速くなり、先端を奥深くに突き入れたところで、熱いものが鴇守のなかに注がれた。

「ああ……っ、く、ぅ」

置いていかれたような悔しげな気持ちで、鴇守は夜刀の精液を受け止めた。それが鴇守のなかに浸透してくると、身体が軽くなり、活力が満ちてくる。

鴇守は左手を胸に当てた。

心臓はまだ動いている。鬼にはなっていない。

その手を、夜刀の右手が摑んで握った。反対側の手も同じように、摑まれて、ベッドに押さえつけられた。

「怖いか、鴇守」

見下ろしてくる夜刀の顔は、真剣だった。

鴇守が躊躇《ちゅうちょ》すれば、すぐに中断してくれるだろう。

「少し。なにもかもわからなくなるくらい、俺を乱れさせてくれたら怖くないのに、お前が慎重すぎるから駄目なんだ」

鴇守は夜刀を煽《あお》るように、文句を言った。ついでに、腰を浮かせて揺すってやる。

「怖がりのくせに無謀で、鴇守は本当に可愛《かわい》いな」

「……む、んんっ！　あっ、あっ、あーっ」

無謀じゃない、と言おうとしたとき、夜刀が腰を突き上げてきて、鴇守は淫《みだ》らな声をあげた。先ほどまでの躊躇がなくなり、抜けてしまうぎりぎりまで引いては、音がするほど腰をぶつけてきて、奥を抉《えぐ》ってくる。

夜刀に両手を押さえつけられたままの体勢で、鴇守はのた打ちまわった。目を閉じて、荒い息を吐き零《こぼ》しながら、喘《あえ》ぐ。

気持ちよすぎて、どうにかなりそうだった。何度も絶頂に至ろうとして果たせず、鴇守の陰茎は先走りだけを零して、しとどに濡れていた。

紐も濡れて結びが固くなり、根元からちぎれてしまいそうで怖くなる。

「は、ずして……！　これ、外して、くれ……っ！」

「駄目だ。我慢しろ」

「でき、ない……、いきたい……、出したい！」

あまりの苦しさに我を忘れ、鴇守は懇願した。紐を解きたくて、夜刀の手から逃げようとしたが、夜刀は許してくれない。

「出さずにいくんだ。もっと気持ちよくなれるから。ほら、頑張れ」

「い、やっ！」

「いやじゃねぇよ。このままいけ」

「ううっ」

鴇守は目を閉じ、歯を食いしばった。

全身に力が入り、鴇守のなかを自由に出入りしている肉棒を、力任せに締めつける。あまりの逞《たくま》しさに、肉襞が震えた。

夜刀はものともせず、一瞬たりとも動きを止めずに、鴇守が一番感じるところを容赦なく擦り上げてくる。

「……っ！」

瞼《まぶた》の裏に、白い星が散った。

気がついたときには、鴇守は精液を出さずに達していた。愉悦の波が頂点に来たまま、下がらない。

「ちゃんとできたじゃねぇか」

優しい声で鴇守を褒めながら、夜刀は絶頂の瞬間に止めた動きを、おもむろに再開した。

「え、ま、待って……」

「待たない。俺のをもっとお前に注がないと」

その言葉どおり、注がれた精液が溢《あふ》れて零れるほどになっても、鴇守はまだ抱かれつづけ、ついに意識を失った。

13

翌日の夜から、鴇守《ときもり》と夜刀《やと》は作戦を開始した。

夜刀に力を貸してもらって全国各地に遁甲《とんこう》して移動し、鬼が多くいる場所で声を張り上げて叫んだ。

「鬼たちよ！　人間を襲うのをやめろ。六道の辻へ戻れ！」

同じことを頭のなかでも言って、離れたところにいる鬼たちにも届くように、強く思念を飛ばす。

鬼になったせいか、自分のパワーが増しているのが、鴇守自身にもわかった。心臓が動いていないのに、体内を血が流れている。活力が満ちている。

存在そのものが矛盾《むじゅん》している。それが鬼だ。

コテージを出るとき、鴇守は仕事着であるスーツを着こみ、ネクタイを締めた。

人間たちは鴇守の姿を見ることができなかった。大声で叫んでいるのに、誰も鴇守を見ようとしない。

動かない胸が、ずきりと痛んだ。望んだこととはいえ、鬼になってしまったのだという実感が湧《わ》いた。

しかし、迷いがあるわけではない。

「俺の声を聞け！　俺のもとへ集え！」

人間たちが素通りした鴇守の声を、鬼たちは聞き取った。

「お、おお？」

「声がする。とてもいい声」

「見に行く。見たい。行こう」

鬼たちがざわざわと浮足立ち、鴇守を探し始めた。

鴇守は周辺で一番高い建物のてっぺんに、夜刀と並んで立っていた。月が照らすその姿、風に乗って運ばれる、鴇守の甘い匂《にお》い。

それらに鬼たちが気づくのは、すぐだった。

「けっこう集まってきたな。そろそろいいんじゃねぇか」

鴇守に少しでも近づこうと、建物の壁をよじ登ってくる鬼を見て、夜刀が言った。

「そうだな。高いところまで登ってしまうと、下りるのに時間がかかりそうだし」

一体が登れば、ほかの鬼も真似《まね》をして次々に登り始め、建物の下のほうはあっという間に壁が見えなくなった。

「なんか、あれだ。カラフル鬼カーテンだな。ほら、夏場によく見るグリーンカーテンみたいな。節電にはならねぇけど」

おぞましい光景に顔をしかめていた鴇守は、夜刀のたとえに思わず噴きだした。

こんなふうに笑わせてくれる夜刀に、いつも救われている。

「鬼カーテンが完成する前に移動しよう。俺を抱えて跳んでくれ。鬼たちに見えるように」

「よっしゃ」

「俺について来い！」

鴇守は鬼たちに向かって叫んだ。

夜刀が鴇守の腰を抱いて、建物の上を跳んでいく。ときどき止まって鬼たちがついてきているのを確認し、鬼たちにまとまりがなくなってくると、鴇守が声をかけて統率する。

向かう先は京都《きようと》、御影山《みかげやま》だ。

六道の辻へは、どこからでも行くことができる。各地域ごとに鬼たちを集め、小分けにして六道の辻へ帰すよりも、集められるだけ集めて一気に移動したほうがいい。

鴇守を先頭にして、鴇守と一緒に帰る、というのが大事なのだ。

目的達成のため、鴇守と夜刀は精力的に動いた。

能力の低い鬼は、夜刀が簡単にやってのける遁甲ができず、人間と同じように歩いて移動する。だから、手間暇をかけてあちこちに顔を出し、誘導しなければならない。

それも、今夜一晩でやるつもりなので、ゆっくりしていられない。

九州に行ったときには、鬼退治をしている高景《たかかげ》とティアラちゃんを見た。

鬼を集めては引き連れて去っていく鴇守を、高景は唖然《あぜん》として見ていた。

近づいていって、なにか声をかけようかと思ったが、結局なにも言えなかった。別れの言葉を言いたくない、鴇守の我儘《わがまま》だったかもしれない。

ようやく見ることのできたティアラちゃんは、高景から聞いていたとおりの一つ目の赤鬼だった。どこを気に入って、高景が一目惚《ぼ》れしたのか、実際に見てもわからなかった。

鬼使いの好みとは本当にいろいろである、と鴇守は人間界で過ごす最後の夜にまで実感させられた。

星合豪徳《ほしあいごうとく》には鎌倉《かまくら》で会った。

使役鬼を持たない退魔師の彼は、呪符《じゅふ》やクナイを使い、自らの肉体ひとつで鬼と戦う。負傷は避けられず、頭と腕に包帯を巻いた姿が痛々しかった。

星合は鴇守が異界の住人となったことを理解すると、絶句した。

一年前、星合が小鬼の夜刀の悪戯《いたずら》を見咎《みとが》めたときから、今に至るすべての歯車がまわりだしたように思う。怯《おび》え、迷い、落ちこむ鴇守にくれた彼のアドバイスは、鴇守を大きく成長させてくれた。

厳しいようでいて、面倒見のいい優しい退魔師に、鴇守は深く頭を下げた。

矢背《やせ》以外の外の世界を知っている彼とは、もっといろんなことを話したかったけれど、これでお別れだ。

鴇守はやはりなにも言えないまま、夜刀に抱かれてその場を離れた。

「おい、矢背の！　お前たち、どこへ……！」

我に返った星合が叫ぶ声だけが、鴇守を追いかけてきた。


鬼たちを掻《か》き集めて、京都に戻ってきたときには、もう夜明けが近かった。

どこかでカッパに会えることを期待していたのに、彼の姿を見つけることはできなかった。鬼使いや退魔師に見つかって退治されてしまったのかもしれない。可哀想だが、カッパの行方《ゆくえ》を捜索するだけの時間はない。

鴇守は夜刀に頼んで、御影山の山頂に立った。鬼たちは甘い蜜に吸い寄せられる蟻《あり》のように、鴇守を求めて御影山に入り、道なき道を登ってくる。

サイズも色もバラエティに富んだ鬼たちが蠢《うごめ》いている様子を改めて見ると、気持ちが悪かった。鬼になったからといって、鴇守が持って生まれた感覚や、これまで培ってきた美意識は変わらなかったようだ。

「ここまでは順調だな。大丈夫か？　あちこち移動して疲れただろ？」

「ううん。俺はお前にくっついてるだけだから、平気だ」

気遣ってくれる夜刀に、鴇守は頷いた。

ここからが本場である。

「それにしても、すげぇ数の鬼だな。こいつら全部、お前を狙《ねら》ってるんだぜ。身のほど知らずにもほどがある。六道の辻に帰す前に、ここでちょっと数を減らしておくか」

「待て」

蚊が多いから殺虫剤を噴きかけよう、くらいの気軽さで大刀《だいとう》を振りかぶろうとする夜刀を、鴇守は止めた。

せっかく集めたのに、夜刀の暴挙に怯えて三々五々に散っていかれたら、今までの苦労が水の泡だ。

「けどよ、こいつらを六道の辻に連れて帰ったあと、どうすんだ?」

「人間界で人間を食べるより、六道の辻で俺を見てるほうが遙《はる》かに楽しいって思わせないといけないだろうな」

夜刀はとてつもなくいやそうに顔を歪《ゆが》めた。

「お前のぴちぴちした肉体を、鬼どもがよこしまな目で舐めまわすように見るのを、許すっていうのか。冗談じゃねぇ。俺はお前の声だって、聞かせたくないのに。よし、まず俺たちの陣地を決めたら、半径五百メートル以内は進入禁止にする」

「五百メートルって、ここからあそこくらいか。けっこう距離があるな」

目算して、鴇守は言った。

鴇守としても、四六時中夜刀以外の鬼に見られていたり、話しかける隙を狙われていたりするのでは、気が休まらない。鬼たちの番人としての仕事が過酷なのは承知のうえだが、プライバシーも少しは大事にしたい、と思うのは我儘だろうか。

「それでも、お前の姿は見えるだろ。お前に気安く近づかないための厳格なルールを作って、従わせる。文句があるやつ、違反したやつは俺が粛清する」

「六道の辻始まって以来の恐怖政治じゃないか。圧政に耐えかねて、人間界に逃げだそうとする鬼が続出したらどうするんだ」

「この俺が逃がすかよ」

ふん、と夜刀は鼻で笑った。

どんな鬼も、夜刀に狙われたら逃げられないだろう。

六道の辻でどのように過ごすことになるのか、鴇守にもよくわからない。そもそも鬼の暮らし方というものがわかっていない。

時間の流れはあってないようなもので、朝も昼も夜もない。生活のために金を得る必要はなく、やらねばならない仕事も使命もない。

目的や目標もなく、生きている。いや、ただ存在しているだけだ。

六道の辻を殺伐とさせているのは、弱肉強食の掟《おきて》である。弱い鬼が消え、強い鬼が生き残り、知恵のある鬼がよりいっそう強い力を求め、人間界に出ようとする。

その流れを断ち切らねばならない。

鴇守は旧屋敷の建物の周辺を、目を凝らして見た。人間の視力では見えないものが、鬼の目なら見えるようになっていた。鬼に変わるのも、悪いことばかりではない。

右恭《うきょう》と正規《まさのり》が、指令室のある建物の屋上に出ている。

先に会った高景から連絡が入っているだろうし、鴇守がやろうとしていることはわかっているに違いない。

ぞろぞろと歩いていた鬼たちの大半は、すでに旧屋敷を通り抜け、御影山に入ってきている。今なら、ほんの少しここを離れても大丈夫だろう。

「夜刀、最後のご挨拶《あいさつ》をしてくる。俺をあそこまで連れていったら、お前はここに戻って、鬼たちを見張っててくれ」

「俺だけ仲間外れかよ。俺がいないところで、眼鏡野郎といちゃいちゃすんなよ」

「ご当主さまもいるのに、どうやっていちゃいちゃするんだよ。ほら、早く。夜が明ける前に終わらせたいんだ」

「へいへい」

夜刀は生意気な返事をしつつ、鴇守を屋上まで運び、すぐに姿を消した。約束どおり山頂に戻ったのだろう。

空から降ってきた鴇守に、一番に駆け寄ってきたのは右恭だった。

「鴇守さん！　あなたはなんてことを……！」

そう言ったあとは、言葉がつづかなかった。

鴇守の頭に小さく生じた二本の角を見咎めて、レンズの向こうの瞳が激しく揺れている。角はまだ仔猫《こねこ》の牙《きば》ほどのサイズで、髪に隠れているから気づかないかもしれない、と淡い期待を抱いていたが、さすがは右恭である。

本当のところ、指先で角を確認したときは、鴇守もショックを受けた。

鴇守は右恭と正規に告げた。

「鬼たちは俺と夜刀が六道の辻に連れていきます。人間界には出さないように監視して、障壁にも近づけないようにしておくので、右恭さんたちは障壁の修理を急いでください」

「それが、あなたの決断ですか」

喉の奥から絞りだした声で、右恭が言った。

「そうです。右恭さんに相談もなく勝手に決めて、申し訳ないと思っています。でも、これが最善の方法だと確信しています」

人間の味を覚えた鬼たちは、自主的に六道の辻に戻ったりはしない。誰かがきっかけを作って、戻さなければならないのだ。

「あんなに鬼になるのをいやがっていたのに。あなたが、第二の融合体になる可能性もあるのですよ」

右恭の声は糾弾《きゅうだん》に近い。

「もちろん、俺もさまざまな可能性を考えました。俺と秀遠さまの違うところは、俺は目的を持って、自分の意志で変わったということです。果たすべき使命のために、鬼になった。その気持ちを忘れないかぎり、自分を見失うことはないと信じています」

「果たすべき使命？」

「はい。俺は矢背の鬼使いです。当主になって矢背を継ぐことはできないけれど、鬼に変わっても俺は矢背鴇守なんです。矢背に生まれたものの使命として、世のため人のために尽くす。鬼となって人々を、矢背一族を守る。六道の辻で、矢背の理念を貫きます」

鴇守は顔を上げ、迷いなく言いきった。

「それで後悔はないのか、鴇守」

正規が訊いた。

「ありません。……いえ、もしかしたら後悔するかも。俺の心は弱いから。でも、俺には夜刀がいます。夜刀は俺のすべてを理解してくれています。心が歪《ゆが》んで、第二の融合体になって人を傷つけたら、俺が苦しむとわかってる。だから、そうなったときは夜刀が止めてくれるので、安心してください。俺も、そうならないように頑張ります」

拳《こぶし》を握って決意を示す鴇守をじっと見つめて、正規は唇の端をわずかに引き上げた。

「みそっかすの鬼使いが、強くなったな」

褒められたとわかって、鴇守は滲みでてくる嬉しさをなんとか堪えようとした。さすがに、この場で喜ぶのはまずい。

「あ、ありがとうございます。今後、一人でも多くの鬼使いが必要となるのに、矢背家を立てなおすための力になれないのが、心残りです」

「お前には伝えておこう。鬼使いの矢背家は、私の代で終わらせるつもりだ。最後の当主として、私は職務をまっとうする。鬼使いを頂点に抱く統率の取れた矢背家は解体され、血族の掟に縛られない複合企業として再生し、新しい道を歩いていくことになるだろう」

さらりと告げられたが、ものすごい重大発言である。

鴇守は静かに息を呑み、ちらりと右恭を見た。彼は斜め前方のなにもないところに視線を投げている。

正規の一存ではなく、上層部の鬼使いたちは何度も話し合ったのかもしれない。そして、そうするしかないという結論に至ったのだろう。

「だが、この先、鬼使いの子が生まれないとはかぎらない。鬼使いは生まれながらにして、六道の辻への行き方を知っている。鬼に親しもうとする。お前は例外だったが、普通はそうだ。もし、鬼使いの子が六道の辻へ行ったら、その子を守り、導いてやってほしい。鬼使いにする必要はない。鬼の血を引く子が、幸福な人生を歩めるように」

「お任せください」

もうひとつの大きな使命を与えられ、鴇守は力強く請け負った。

今後さらに数十年経ち、いくら血が薄まっても、突然変異として生まれるときは生まれてしまう。そのころには、千年を超える矢背一族の輝かしい歴史や、鬼使いのなんたるかを知っている人はいないかもしれないのだ。

「俺も、最後の鬼使いとして、責務を果たします」

「……つらい思いをさせる。お前の責務には終わりがない。お前がしようとしていることは、私がしなければならないことだった」

正規は苦悩を見せた。

彼のような人に、そこまで気遣ってもらえるだけで、充分だった。

「いいえ。俺には夜刀がいます。それに、やるべきことがないと、張り合いがありません。あ、そうだ。ひとつお願いがあるのですが」

「なんだ」

鴇守は隠し持っていた千代丸《ちよまる》を取りだした。鴇守専用の武器になっているが、本来は鬼使いが使役鬼との契約時に使う、矢背家の秘宝だ。

「これを譲っていただきたいのです。俺が確かに、矢背の鬼使いであったという証《あかし》に」

ただの鬼となった鴇守には、自分の出自を証明するものがない。必要ないかもしれないけれど、この短刀はきっと鴇守の矜持《きょうじ》を支えてくれる。そんな気がした。

「持っていくがいい」

正規は一度、千代丸を鴇守から受け取り、

「第三十一代当主、矢背正規の名において、千代丸を矢背鴇守に与える」

と言って、鴇守に渡してくれた。

「謹んで頂戴《ちょうだい》します」

晴れて自分のものになった千代丸を鴇守はぎゅっと握り締めた。

そして、黙りこんでしまった右恭に向きなおり、礼を言った。

「右恭さん、今までたくさんのことを教えてくださって、ありがとうございました。右恭さんのおかげで、ほんの少し成長できました。あなたの主《あるじ》でいられなくて……っ、ごめんなさい。あなたから学んだことを生かして、鬼の世界で生きていきます」

泣くまいと思ったのに、涙が零れてしまった。

修復師の自分に誇りを持っているがゆえに、鴇守にも厳しく接したけれど、彼ほど鴇守を必要としてくれた人はいない。

鬼使いの、人間の鴇守を、誰よりも大事にしてくれた。

なのに、鴇守は彼の望みをなにひとつ叶えないまま、去っていかねばならない。

「……あなたの涙は嫌いです」

右恭の冷たい声に、俯いていた鴇守ははっとなった。

心に鋭い棘《とげ》が刺さったみたいに、すぅっと血の気が引いていく。

「私はあなたの修復師です。あなたを助け、支えるための存在です。あとのことは任せたと、あなたは私に命じるだけでいい。それこそが、私の望むあり方なのです」

それでは、あまりに右恭を軽んじすぎているように思え、彼にそこまで言わせてしまったことに対し、鴇守の胸は締めつけられた。

だが、それが彼の望みならば、言うしかない。

「あとのこと、よろしく頼みます。俺はもう行きます。……お元気で」

涙を必死に呑みこんで、鴇守は声を絞りだした。

心のなかで夜刀を呼べば、数秒とかからないうちに来てくれた。鴇守が泣いているのを見て、右恭に食ってかかる。

「鴇守を泣かせやがったな、この眼鏡野郎！」

「やめろ、夜刀。俺が勝手に泣いてるだけだ。御影山に行こう。鬼たちが待ってる」

最後に、正規と右恭に深く頭を下げてから、鴇守は夜刀を急《せ》かして御影山に運ばせた。

晴れ晴れとした別れにはならなかったが、仕方がない。主を失った右恭の無念を思えば、なにも言えなかった。

「そういえば、カッパを見つけたぜ」

「……えっ！」

沈みこんでいた鴇守は、顔を上げて夜刀を見た。

「怪我《けが》したみたいで、御影山に登れなくて麓《ふもと》のほうでもがいてた。蹴《け》り落としてやろうかと思ったんだけど、なんか恩があるっていうから、首根っこ掴《つか》んで山頂に運んでやったぜ」

「夜刀！　ありがとう！　お前は本当にいい鬼だな！」

鴇守は感動して、夜刀に抱きついた。

山頂に着くと、カッパが走り寄ってきた。夜刀が言ったとおり、ひょこひょこと片足を庇《かば》っている。

「カッパ！　今まで、どこにいたんだよ」

「おおに、たいーじ！　とぉーきもり、めいれい」

カッパは誇らしげに、彼独特の間延びした口調で言った。

どうやら、鴇守が鬼退治をしろ、と言ったのを命令だと取って、鬼退治をしていたらしい。

「お前、弱いのに。その怪我も、ほかの鬼にやられたのか？」

「いっしょ、いたい。ずっと、いっしょ、いたいから」

三本指を広げて水かきを見せながら、つぶらな瞳で訴えてくる濃い緑色の肌の鬼は、可愛いようなキモいような、なんとも言えないシュールさを醸しだしている。

「なにが一緒にいたい、だ！　調子に乗ってんじゃねぇぞ」

怒鳴りつける夜刀に怯えるカッパに、鴇守は言った。

「俺も六道の辻の住人になるんだ。これからはいつでも会えるよ」

「……！」

カッパの顔がぱあぁっと輝いて、水かきが裂けるんじゃないかと思うほど、指を広げて見せてくる。

「わかったから。お前のアピールポイントはわかってるから」

鴇守はカッパをなだめ、夜刀を見た。

「夜刀、そろそろ行こう」

「おう」

空が白々と明けてきて、闇を取り払い、静謐《せいひつ》な世界を映しだす。

この色彩豊かな美しい世界とも、お別れだ。

鴇守は大きく息を吸いこんだ。

「鬼たちよ、俺が六道の辻の王だ。俺から離れるな。俺に集い、俺に従え！」

オオオッという鬼たちの地鳴りのような呼応を受けて、鴇守は夜刀とともに六道の辻へつづく道を歩いた。

やがて、鬼たちがすべて去ると、辺りは静まり返った。

すべてが、終結したのだ。

エピローグ

右恭《うきょう》は自室のベッドに横たわっていた。

数年前から病に侵され、今では一日のほとんどを寝て過ごしている。

部屋のドアが開き、身のまわりの世話をさせている式神が主の様子を窺い、眠っているようだと判断して、出ていった。

すでに、食事を摂《と》れないほどに衰弱していた。瞼《まぶた》を押し上げることすらままならないのは、病のせいだけではない。

右恭が主を失ってから、五十年が経っていた。

老いたものだと思う。

正規《まさのり》の主導のもと、鬼使いの矢背《やせ》一族は静かに痕跡を消していった。鬼使いの仕事を少しずつ減らし、企業としての在り方を変えた。

鬼使いが生まれるかもしれないという可能性に賭《か》け、コントロールしていた血族同士の婚姻も廃止した。あらゆる問題に対し、本家がすべてを取り仕切るという形態もなくした。

あらかたの筋道が立ったところで、正規が逝去した。父の三春《みはる》は、正規の後を追うように、半年後に死んだ。

主を看取《みと》ることのできた父を、心底羨《うらや》ましいと思ったものだ。

鬼使いたちも全員が亡くなり、使役鬼は六道の辻に戻った。

結局、鴇守以降、新しい鬼使いは生まれなかった。

右恭は残りの人生のほとんどを、六道の辻の障壁の修復に費やした。鴇守に会えるかもしれないと行くたびに期待したが、彼は姿を見せてくれなかった。

「……」

右恭は細い息を吐いた。

もうじき、心臓は脈打つことをやめるだろう。虚《むな》しいのか、充実していたのか、よくわからない人生だった。

思い出すのは、主の顔だ。

望んで鬼になり、鬼の王になった右恭の主。だが、違う道があったら、彼はそうしなかっただろう。

矢背家の不始末のすべてを彼に押しつけた。彼を犠牲にした。右恭は彼の修復師なのに、彼に一番つらい道を歩かせて、助けられなかった。

それが、右恭の悔いだった。

ゆったりと脈打っていた鼓動がさらに遅くなり、すうっと意識が遠のいていく。

ふと気がつけば、右恭は暗がりのなかで立っていた。

道はなく、どこにも行けず、どこへでも行けそうな気がする。しかし、肉体は老いたままだった。

筋肉の落ちた足で歩けるのか、と思ったとき、空気が揺れた。

瞬《まばた》きをした先に忽然《こつぜん》と現れたのは、鴇守《ときもり》と夜刀《やと》だった。

「お久しぶりです、右恭さん。お疲れさまでした」

右恭を労《ねぎら》って微笑む鴇守は、スーツ姿だった。京都で最後の別れをしたときのまま、まったく変わっていない。

ただ、角が伸びて、三センチほどの長さになっている。

「俺は鬼だから、途中までしか行けないんですけど、どうしても迎えに行きたくて。右恭さんに会いたくて」

鴇守は今にも泣きだしそうな顔で言った。

「おい、なんとか言いやがれ、眼鏡野郎。わざわざ来てやったのに、だんまりかよ。年取ってボケたか？」

生意気で不快極まりない鬼の声が、右恭の頭のなかを素通りした。

かつて、この鬼とともに融合体を鬼封珠に封じたとき、鴇守が迎えに行った。無事に生還してくれて安堵《あんど》したが、二人の絆《きずな》を見せつけられて嫉妬した。

鴇守は迎えに来てくれた。

右恭のところにも。

嬉しかった。嬉しくて、顔が綻《ほころ》んだ。

「右恭さんのそんな笑顔、初めて見た気がします」

「もう一度あなたに会って、話ができるとは思いませんでした」

右恭は言った。

やはり、老いたのだろうか。若いころには決して見せなかった恨み節が、しゃがれた声に混じってしまった。障壁の修理で、右恭は何度も六道の辻に行ったのだから。

「……すみません。右恭さんに会うと、泣いてしまいそうで」

鴇守が右恭と交わした最後の言葉を、今でも気にしているのがわかった。

右恭は後悔し、そして満足した。

右恭を忘れないでほしいという、醜い願いから出た言葉だった。この五十年、彼の心に刺さりつづけていたのなら、右恭の孤独も報われるというものだ。

鴇守には可哀想なことをしたけれど。

「俺も我慢してたんですよ。でも、こうして会えたから、よかった」

鴇守は右手を右恭に差しだしてきた。

右恭も手を伸ばした。

「と、特別だからな！　最後の出血大サービスだ！　いい気になるなよ、眼鏡野郎」

「夜刀ってば、もう！」

鬼の罵声《ばせい》が、生まれて初めて心地よく感じた。

鴇守とは釣り合いの取れない老人相手なのに、この鬼が嫉妬せずにはいられないなにかを、右恭が持っているのだと思えたから。

白くて張りのある若々しい手を、皺《しわ》だらけの手で握る。

その瞬間、右恭に変化が起こった。手の皺が消えて、立っているのもやっとだった身体に、力が漲《みなぎ》ってくる。

唖然として見ている鴇守の瞳を覗きこめば、二十代の右恭が映っていた。ずいぶんと懐かしい姿だ。

「死んで若返るというのも、妙なものですね」

不意に右恭の姿がぼやけた。

鴇守がぽろぽろと涙を零し始めたのだ。

「右恭さんだ。俺の知ってる右恭さん……」

「あなたの涙は嫌いなのです」

「……っ！」

右恭が言うと、鴇守ははっとなって身体を強張《こわば》らせた。

離れて行こうとする手を引き止め、さらに告げる。

「あなたの涙を見ると、あなたに尽くしたくて尽くしたくて、たまらなくなる。あなたのそばで、あなたを支えたくてたまらなくなるからです。私はあなたを鬼にして、矢背の不始末のすべてを押しつけた役立たずなのに」

鴇守の目から、滂沱《ぼうだ》と涙が溢《あふ》れた。

「そんなこと、言わないでくださいっ……！　そばにはいられなかったけど、あなたは俺に尽くしてくれました。あなたが矢背一族を支えてくれていると信じていたから、俺も頑張れたんです」

「鴇守さん……」

「労いも感謝の言葉も伝えることさえできなかった、不出来な主でごめんなさい。でも、あなたは俺の唯一の、対《つい》の修復師です……！」

つないでいないほうの手で、右恭は鴇守の涙を拭った。

口のなかで呪を唱えると、涙の粒は銀色の金平糖《こんぺいとう》に姿を変えて、右恭の手のひらに転がった。

「では、報酬にこれをいただいていきましょう。あなたが私の主でよかった」

涙に濡れた鴇守と目と目が合った。

――あなたは幸せですか。

声にならない声で、右恭は訊ねた。

「はい」

鴇守は輝くばかりの笑顔を見せて、頷いた。

主を鬼の番人にしてしまったという右恭の悔いが、さらさらと溶けていく。これで、右恭もやっと旅立てる。

「名残惜しいですが、そろそろ行かないと」

「そうですね。もっと右恭さんの話を聞きたいんですけど」

「歩きながら話しましょう。鴇守さんのことも教えてください」

「はい」

「三途《さんず》の川の手前までだからな！　なんか仲間外れみたいで腹が立つから、俺も鴇守と手をつなごう」

鴇守を真ん中に挟んで、使役鬼と修復師が三人で並んで歩く。

五十年前の自分が見たら、卒倒するだろう。

右恭は穏やかな笑みを浮かべ、口やかましい鬼の文句と、それをたしなめる鴇守の声を聞きながら、足を踏みだした。

あとがき

こんにちは。お久しぶりです。「鬼の王と契れ」第3巻をお手に取ってくださり、ありがとうございます。

ついに最終巻です。ネタバレをここに書かないほうがいいかもしれないから、ぼかして書きますと、ああいうことになったので、そういうことにしたら、こうなりました(笑)。

夜刀《やと》は毎日毎日、監視の目を光らせて浮気チェックをしなければならず、気が休まるときがなくて、「俺の胃と毛根に厳しい……」。あの眼鏡《めがね》野郎相手にギャンギャン騒いでたほうが、まだマシだった」とか呟《つぶや》いてるかも。

前巻の「鬼の王を呼べ」でカッパが大人気だったので、再登場させてみました。正直、右恭《うきょう》よりも高い人気を感じた気がして、焦りました。

再登場に至るまでの道のりですが、ある日、六道《ろくどう》の辻《つじ》が出入り自由になってることに気がついて、鴇守《ときもり》に会いに行こうとえっちらおっちら短い足で歩き、人間界に出たら、犬に吠《ほ》えられ猫に威嚇されカラスにつつかれて、泣きながら逃げている途中で見つけた桂川《かつらがわ》に入って鮎《あゆ》と泳いで楽しく遊び、我に返ってようやく御影山《みかげやま》までたどり着いたというカッパの大冒険が、あったのかもしれないし、なかったのかもしれない。

カッパはともかく、最終巻ということで、非常に苦労しました。ページ数的にもうちょっとダイエットしてスリムにしたかったのですが、書きたいことは書けたと思います。

いろんな山がなかなか乗り越えられなくて、この本の制作に携わってくださった方々に多大なご迷惑をおかけいたしました。この場をお借りして、お詫《わ》びとお礼を申し上げます。

引きつづき挿絵をつけてくださった石田要《いしだかなめ》先生、格好いい夜刀と可愛《かわい》い鴇守、美しい右恭を描いてくださり、本当にありがとうございました。ご先祖様もイメージ以上で感動です。

石田先生の美麗なイラストのおかげで、このシリーズの世界観が広がり、夜刀と鴇守がのびのび動いてくれました。みそっかすだった鴇守の表情が、どんどん凜々《りり》しくなっていって、その成長がカラーイラストで拝見できて嬉《うれ》しかったです！

担当さまには、言葉では言い尽くせないほどお世話になりました。ダメダメすぎる私に辛抱強くつき合ってくださって、苦労をおかけして申し訳ありません。三日三晩眠らずに感謝の言葉を捧げたいです。

最後になりましたが、読者のみなさま、ここまで読んでくださってありがとうございました。

これで終わりなんですけど、一応、様式美として、「鴇守と夜刀の冒険はこれからだ！」と言わせてください(笑)。冒険はしません(念のため)。

またどこかでお目にかかれましたら幸いです。

二〇一六年五月　高尾理一《たかおりいち》

この本を読んでのご意見、ご感想を編集部までお寄せください。

《あて先》〒105-8055　東京都港区芝大門2-2-1　徳間書店　キャラ編集部気付

「鬼の王に誓え」係

■初出一覧
鬼の王に誓え……書き下ろし

Chara

鬼の王に誓え

……【キャラ文庫】

2016年6月30日　初刷

著者　高尾理一
発行者　川田　修
発行所　株式会社徳間書店
〒105-8055　東京都港区芝大門2-2-1
電話　048-451-5960（販売部）
03-5403-4348（編集部）
振替　00140-0-44392

印刷・製本　株式会社廣済堂
カバー・口絵
デザイン　鈴木茜（バナナグローブスタジオ）

ISBN978-4-19-900840-5

キャラ文庫最新刊

旦那様の通い婚

可南さらさ
イラスト✦高星麻子

財閥の跡取りの鈴音《すずね》は、パーティーで一目惚れした青年・東悟《とうご》との婚姻が決まり大喜び!! けれどそれは祖父と東悟の取引で!?

鬼の王に誓え 鬼の王と契れ3

高尾理一
イラスト✦石田 要

恋人の使役鬼・夜刀《やと》に嫉妬されつつ、修復師・右恭《うきょう》の下で鬼使いの修行に励む鴇守《ときもり》。ところがある日、鴇守の身体に変化が…!?

愛と獣 ―捜査一課の相棒―

中原一也
イラスト✦みずかねりょう

警視庁捜査一課の泉《いずみ》の相棒は不良刑事の一《いつ》色《しき》。いつもセクハラしてくる一色だけど、実は幼い頃に泉を救った憧れの男で…!?

パブリックスクール ―八年後の王と小鳥―

樋口美沙緒
イラスト✦yoco

貴族で義兄だったエドと遠距離恋愛中の礼《れい》。周りが二人の恋を認めない中、礼は海外出張で、三ヵ月の間エドと暮らすことに!?

暗闇の封印 ―黎明の章―

吉原理恵子
イラスト✦笠井あゆみ

堕天した天使長のルシファーは人間に転生していた!? 熾天使ミカエルは人間に憑依しルシファーを取り戻そうとするが…!?

7月新刊のお知らせ

犬飼のの　イラスト✦笠井あゆみ　[水竜王を飼いならせ　暴君竜を飼いならせ3]
秀香穂里　イラスト✦:高城リョウ　[ウイークエンドは男の娘(仮)]
水原とほる　イラスト✦北沢きょう　[コレクション(仮)]

7/27(水)発売予定